飄飄[illegible]

貳

目錄

第二部份

另類民間異事

我在鄉間的日子，最開心是聽故事，從師傅或師兄姐那兒聽來的民間故事，一代傳一代，口耳相傳，既有趣，又警世。

作者序言

「鬼」，這個字對很多人來說都並不陌生，但是「鬼」的定義卻有很多，不同的宗教有不同的解釋，甚至乎不同的國家、地區對它的解釋亦會有不同的注釋！早在中國文化歷史上，於商朝、周朝時期，中國人尚未出現長生不死的神仙觀念時，同時佛教中輪迴轉世的思想也尚未開始宣揚，一切概念只在醞釀，連發酵都尚未開始，但當時的人已經認為人死後將會變成「鬼」，並且更堅信各人生前的身份將會在陰間得到延續。因此，他們認為人死後的「靈魂」依然會繼續影響及關心人世之事，而且亦生出陪葬的觀念，這更導致日後發展出「卜噬」等事的流行。而事實上，早在先秦時期，中國文化中對人死早有定義，認為人死後為「歸」，其意為回歸，有「天神、地祇、人歸」的說法。當佛教逐漸傳入中國後，「歸」這個定義便逐漸變成「鬼」，最奇怪的是東方的「鬼貌」並不像生前一樣，或多或少都有點不同，其高度與生前有時會相距很大。佛教認為「鬼」並非真正存在，並不認同靈魂的存在，佛教認為「鬼」即「中陰身」或是投身於「餓鬼」與「地獄道」的有情眾生。當中「中陰身」並不具有其在世之形象，亦不會隨便顯現在沒有神通的一般人眼前，也不能隨意改變周邊事物之狀態，另外，某些「餓鬼」仍然保留其生前形象。

三魂七魄

道教則認為當一個人死後，三魂七魄將會逐漸散去，七魄會每隔七天散去一魄，而三魂歸三路，胎光歸天，靈歸地府，幽精則時常徘徊在墓地，直至到達輪迴之期，此三魂才重新會聚。道教的思想體系中，地府是屬於鬼的世界，生前一般沒有修為過的人在死後都會游離於人世間，同時他們透過修煉達到大能，有些更能成精。

另外，在西方文化史中，其實很早就有崇拜死人的傳統習俗，所以「鬼」在人的思想概念中是經常存在的，並且非常生動。從聖經希伯來語經卷《舊約》中記載提到，以色列的上帝耶和華告訴以色列人：「人不該崇拜鬼」，但是在當時古代的很多亞細亞國家都出現有對鬼的崇拜儀式，並且當時的所謂「通靈術」也十分普遍。而每當各國在備戰或交戰其間，各國之首領更會傾向於一些「鬼神之說」，求神問卜、問鬼等之事件更是必然之選，可想而知，「鬼神」之說是何等重要！對於「鬼」這回事的講法，亦能發現於印度教、神道教、伊斯蘭教及新約聖經中。可見「鬼」這一回事，真的是各有各的定義，但是共同之處都是比較虛幻的！

鬼的定義

在民間對「鬼」的說法更是千變萬化，有關「鬼」的傳說故事更是數不勝數，當中有很多故事家傳戶曉深入民心的！而每一個人的心中都有一個不同形態的「鬼」，而我的師傅曾經講過「鬼」的形態大都是人心裡面幻化而成的，然後通過某一些方法或媒體與人接觸，希望可以與世間保持聯系從中了結他們生前的一些未能完成的心願，或者希望有人可以幫忙超渡他們等等。在我的學習過程當中，我的所見所聞可能與別人有所不同，但是每一個故事都是我的一個成長的經歷，給予我的啟示亦不少，對於人與人之間的關係、感情有著一個不一樣的定義！原來人與「鬼」之間有著很多大家想像不到的事，冥冥有些事情一早已經注定，今天的因將是明天的果，「因果關係」是有一定的道理存在，不論是何種宗教信仰，只要你是心存善心，又何需懼怕呢！怕的只是人心浮動，面對誘惑，人往往會做出一些難以想像的事情，結果更是令人感到非常遺憾！

以下的故事是我的一些經歷，從小到大由什麼都不懂，由開始學習玄學到現在工作，見過不少稀奇古怪、難以形容或用科學方法解釋的事，不過這些經歷的確給我不少人生哲理，但是有一點我必須強調的是，「鬼」這件事在每一個人的心目中都會有一些既定的形態，人人都不同並不會完全一模一樣，多多少少都會有些差別的，亦有可能會有某些相同之處，「鬼」並沒有特定的形態，我們心想什麼就有機會看見什麼，我們亦沒有什麼大家都接受、認同而有效的方法去證明「鬼」的存在，所以請勿比較！

張芯熏師傅

第一部份

我和師傅的鬼故事

那些年，
跟隨師傅在鄉間學藝，
遇見不少難以解釋的靈聞異事，
不是導人迷信，
只不過給大家一個另類的看法：
冥冥中自有主宰。

第一章

荔園奇遇

第一章
荔園奇遇

「荔園遊樂場」，這個名字相信對某些人來說並不陌生，在這個遊樂場也留下了不少回憶，但是對於我來說並不只是回憶這麼簡單，更是一個長達幾年的一個惡夢，在多年之後即使已經拜師學藝，但當重提舊事時仍然出現一絲絲的不安！

想當年我還是一個小女孩的時候，對什麼事情都是不瞭解，而且小時候的我是比較內向不懂與人溝通甚少說話。平時除了上學之外並沒有什麼嗜好，放學後回家除了做功課外大部分時間都是聽收音機，當年我家中並沒有電視機，到後期才出現！隨著時間流逝家境漸漸改善，在假日終於可以有機會一家到處走走逛逛。記得有一次父母親提議到「荔園遊樂場」玩，當時我感覺到非常高興，帶著興奮又緊張的心情前往，誰知道等著我的並不是喜悅，而是一連串

荔園奇遇

的「惡夢」！那天是星期日，一早起來便好好準備前往「荔園」。記得當年「荔園」是位於荔枝角的，乘搭地鐵來到「荔園」，一出地面走了一段路後便看見「荔園」兩個大字，而字上更有一隻似貓似虎的標題在旁，這是我對「荔園」的第一個印象！

靈異畫面畢生難忘

當年荔園遊樂場，對很多人來說一點都不會陌生，機動遊戲、動物園、攤位遊戲、哈哈鏡、鬼屋等，還有一個播放恐怖電影的戲院！我已經記不起這個戲院叫什麼名字，或者當時我們一家人進去看的是什麼電影，但是唯獨就是這部電影令我的惡夢長達幾年之久！我記得當時我們一家三口進場時並沒有什麼特別，只是照常的入場，我坐在父母旁邊耐心等候電影的開始，不過據我記得我當時並不知道看的是一齣什麼電影，只知道電影一開始時氣氛十分奇怪，音樂聽上去也比較陰森，所以不其然將自己的身體越縮越小，變成抱膝而坐。但這些場景並不是最恐怖的事情，正所謂好戲在後頭，接下來的一幕更令我難忘！

畫面中看見一個男人走進一間房間內，這房間並不寬闊而且光線非常昏暗，房間中的擺設都非常簡單，有一個衣櫃、一張飯桌、一張床，但是當眼睛一轉到牆壁的另一角卻看見一副棺材，這副棺材是被安放在兩張木板長櫈之上，看上去並不殘舊，只不過整個房間的佈局有點奇怪，加上昏暗的光線，還有詭異的背景音樂令我非常驚恐，我開始慢慢瑟縮起來並且發抖，就在這刻我看到一個令我畢生難忘的畫面，我看見了這副棺材正在慢慢打開，在棺材的邊緣漸漸看見一隻又瘦又長又尖的手從棺材內緩緩伸出，棺材此時發出木板的「吱吱聲」令場面更加恐怖，突然間棺材蓋「碰」的一聲便打開了，一個面形瘦骨嶙峋的人在棺材內坐了起來，轉頭過來眼睛直望前方。就在這個時刻我就像是與他對望似的，大家有眼神接觸，他向我一瞪眼我便覺得有一股冰寒之氣從我背部脊椎骨的位置一直向上走到頭頂，最後便開始起疙瘩，於是我便將手擋著自己的眼睛不再讓自己看到任何嚇人的畫面！不過聲音仍然是聽得清清楚楚，讓我非常害怕！不知道過了多久，這部戲終於結束了，我跟著父母離開了戲院，我以為一切隨著這部戲的結束，我的恐懼也結束，可惜這剛剛相反！我的惡夢才剛剛開始……

天花板盤旋的怪東西

離開荔園後，一家人在外吃過晚飯後便回家休息，在我小時候的居所內，我並沒有一間自己的房間，我只睡在廳間的位置。時間已是晚上十一點了，這晚當我睡在床上時，並沒有立刻睡著，眼睛仍然是睜開的，我面向天花板一直看著看著，雖然沒有亮燈，但是仍然有微弱的光線從窗簾透入房間，就在這時候我看著天花板時突然覺得自己好像是看到什麼，但是又不知道是什麼，像是一個影子但又不像，似一團漆黑的霧般，總覺得有一團氣在天花板上轉來轉去。我自己都不知道怎麼形容，只是身體突然感到一絲絲的寒氣正慢慢靠近，但是不一回這感覺又消失了！接下來天花板也再看不見有什麼東西出現了，慢慢我便睡著了，這是第一個晚上的經歷！

早上醒來後我將此事向母親訴說了一番，但是母親似乎並不相信或在意我的說話，只是說了一句「你可能眼花了」便作罷。第二天的晚上，我睡在床上時又再一次看著天花板，同樣的情況又再次出現，情況跟第一晚一樣，這情境令我非常害怕，我怕得連一聲也叫不出來。就這樣過了大約一個月，情況都沒有改善，我亦沒有再向母親提起此事，因為反正她都不會相信我，又何必再說呢！漸漸我的精神狀態越來越差，日間很難集中精神上課，時常看著天花板看看會否又看見什麼，只是日間並不會看見，唯晚上才有異象。每晚的煎熬真是很難忍受，但由於當時年紀還小並不懂得如何處理，晚上又如常發生同一情況，不過這晚卻與平時的不一樣了！

這團黑氣漸漸開始變得越來越實在起來，乍看之下好像是一個人形的物體出現在我面前，其樣貌並不是看得很清楚只有其形，但是最糟糕的不是這樣，而是我開始覺得自己不能動彈，連頭也不能轉動僵硬著，就連眼睛也不能蓋上似要我硬看這個物體！不知道過了多少時間，我的身體才可以重新恢復正常，但是我總是覺得有一點不自在的感覺！這個情況又持續了一段日子，不過我已經忘記了有多久，不過自那天晚上開始，我每天晚上都會發生相同的情況，同時每天晚上當我入睡後也不停發惡夢。

神奇佛珠手串

在夢中就是不停看見在荔園戲院內看見的一幕情景，每一次都是驚醒過來，這夢境在我腦裡揮之不去，令整個人思緒難以安定下來。這種情況維持了多久我也不記得，唯一記得的是有次偶然一家人到荃灣的西方寺遊覽，當我進入寺廟的時候，感到渾身不自在，頭痛及胸口翳悶只想盡快離開。不過就在這個時候，在我面對出現了一位老人家，一位非常慈祥的婆婆，這位婆婆走到我的面前拍拍我的頭然後說道：「小妹妹，你是不是覺得很不舒服？時常發惡夢？見到一些奇怪的東西？」就在這一刻我像突然清醒了過來，明白這位婆婆的說話，並頓時整個人像輕鬆了許多！這位婆婆同時亦送了一串木製佛珠手串給我，並對我說：「小妹妹，這串手珠今天我送給你，你要記得每天都要戴在左手的手腕上，除了沐浴外其他時間都不可離身，直到有一天你完全不再看見奇怪的東西、不再夢見不應該夢見的東西，你就可以除下了。不過，到時可能『它』也會自己不翼而飛也不一定，總之你要謹記！」說罷這位婆婆就緩緩從我的視線中慢慢離開。

這晚，是我戴起手串的第一晚，當我睡在床上的時候，張開眼看著天花板，這時同樣看見一團灰黑的物體正在逐漸擴大，但是就在一瞬間「它」停止了，不知道是何原因一切都停頓了，好像有什麼力量把「它」給圍困住了似的，而且也慢慢開始消失了，我漸漸入睡，而這個晚上我再也沒發這個可怕的惡夢，終於可以好好睡一覺了！

後記

自從我戴了這串佛珠手串開始，我像從大病中慢慢康復過來，一切都開始回到正常軌道，不再有奇怪的東西出現，當中到底是什麼原因？或真相是什麼我都不甚理解，而我所戴上的那串佛珠手串後來去了哪裡我就沒有一點印象了。直到多年之後，我遇見我師父才明白一切，原來這是「撞客」，即是大家所說的「撞鬼」！這一個經歷對大家來說可能並不是什麼可怕的經歷，而這個經歷我不知算不算是第一次「見鬼」，因為當時年紀輕輕對這些事都不懂，所以這經歷裡可能有很多細節我都記得不清楚，我只知那位婆婆在我再次到訪的時候已經無法尋回了！

第二章

封口錢

第二章

封口錢（第一節）

在我還是在學藝時候曾經有過這樣一個經歷，這經歷也相當奇怪恐怖，原來有些物件是不可以隨便帶走，這件事件亦一直在我腦海裡存在，到今時今日每當我處理下葬儀式時，就會不期然浮起當年這件事！從前作為一個入世未深又未見過什麼是棺材、什麼是遺體的我來說，確實這是第一次真真正正面對如何處理整個儀式。對於當年的我來說，這是相當震撼的一件事！當然這不是唯一的一次，這只是一個開端……

那一次是我人生當中第一次清清楚楚地看見一個遺體，一具清晰得不能再清晰的一具遺體，竟然還能觸碰，這一刻真的非常震撼！為什麼突然之間要接觸一具遺體？那就要從一件事件開始說起。記得那一年暑假又是跟往常一樣，回到鄉下師傅那裡繼續學

封口（

藝。那天在我剛剛回到師傅家裡，突然聽到急速的敲門聲，門外有一把喉嚨乾枯和沙啞的聲音說道：「易先生，易先生（我家先師姓易），出大事啦！我家爺爺突然病倒，麻煩先生到我家走一趟幫忙醫治！」就在這時，我匆忙快步走到門前，打開木門一看，是一個大汗淋漓的女士，說罷她快步走進屋裡到處查看師傅在哪裡，就在這時師傅從內堂走出，定眼一看即說道：「阿七，立刻幫我取來藥箱跟我走一趟！」隨即我便匆匆走進房內取出藥箱立刻跟師傅外出前往病人家中去。

不尋常氣味

大約徒步行了二十分鐘，遠遠看見一間石屋門口站著一名老婦人，正四處張望似乎是等待我們來臨，當師傅和我走到這間石屋門前，這名老婦人隨即喊到：「先生救命，我家老頭子正病得非常嚴重，神志不清胡言亂語。請先生救命！」我師傅有一個習慣，就是不論去到哪裡不管這地方他去過沒有，除了自己家門以外其他地方他都是以左腳先踏入屋，從來都不會以右腳先行，這個習慣在一開始我是不明所以的，但到後來我漸漸長大，便開始明白當中的玄機道理在哪裡，而這個習慣在以後也漸漸成為我自己的一個個人習慣。當然，有時候我也不甚注意，因為有時會有一些特別的景象我已經可以一眼看見，不需用腳代眼！入到屋內，師傅和我已經明顯聞到一陣陣病人的氣味，看師傅眼神及其面部之微表情似乎大事不妙，師傅他便快步走向病人所在位置，我亦快步跟隨。

其實每一個病人，每一類疾病都有他的氣味，只是大家從來都不察覺，即使留意到也會不明所以或者只覺得是有一些氣味，從來沒有人加以去分辨這是什麼氣味而已。這一次聞到的氣味，令我畢生難忘，我應該怎樣形容這種氣味呢？他的氣味似乎帶點餿臭又有點腥臭味，幸好我當時還可以抵受得住，皆因給師傅訓練有數，不然早就被臭得頭眩嘔吐不止了！師傅隨即打開藥箱，為其病人把脈起來，其實我師傅除了是個算命先生外，也是一個中醫。過了一會，師傅便向其家人問及近幾天病人的狀況、往常習慣等等，師傅問道：「有沒有吃了什麼不尋常的東西？有沒有什麼不尋常的表現？或者有沒有去過一些不尋常的地方？」其實師傅已經是心中有數，而師傅最想知道的是老頭子有沒有去過那些不尋常的地方！想著想著，初時他那家人也不以為然，那名老婦人喃喃自語說道：「也沒什麼特別，只是照常到田裡工作，日出出門，日落回家，真的也沒什麼特別！我再想想……」

撞邪

就在這時大家想著想著，突然那把聲音沙啞的人說道：「不是，不是，不是這樣的奶奶，大約十天前爺爺不是沒有落田工作，而是去了旁邊李村參加李老頭的葬禮嗎？奶奶你忘記了嗎？」奶奶說道：「對！對！對！就是在大約十天前，老頭子是往老李家去的！

想起來啦！想起來啦！」再道：「老頭子早出晚歸，晚上十一點多才回家，回來時什麼都沒説就直接上床睡，也不見得有什麼特別，但是先生你這麼問來倒令我想起這幾天老頭子好像沒什麼説話，平時老頭子總會嘮嘮叨叨很多説話，但近來聽不見他有什麼話，每天只聽見他説出門、會來這些話，哎呀，會不會在那天葬禮上發生了什麼事，是我們不知道的，他已經多天沒有落田工作，只睡在床上昏昏沉沉，怎麼叫也叫不醒他，我們看情形不對，便請先生前來一看，請先生幫幫忙救一下老頭子吧！」説罷那老婦隨即跪下來，向師傅懇求救救她那老頭子一命。

就在這時，師傅眉頭一皺便説道：「老頭子一定是在葬禮中出了一些問題才會出現現在的狀況，好吧，趁時間尚早我會先去李家瞭解一下當日到底發生了什麼事，我暫時開一些安神定魄的湯藥給他，不過當煮湯藥的時候千萬不能讓煤灰掉進藥煲內，否則湯藥就會無效了！」接著師傅緩緩從藥箱中拿出幾種不同的藥，當中很多藥我都不認識，但是有一樣我是認得清清楚楚的，這就是食用「硃砂」！我心裡想：嚇，硃砂？不是用來寫符咒的嗎？不是先寫符咒，然後燒化開水吞服嗎？這次竟然要直接混在湯藥中服下？看來這次並不簡單！突然有一股寒意從背後湧上來，我心中不禁產生一種恐懼！（各位我當時只有十幾歲，又不是有很多法力在手，當然會恐懼啦，一定不像現在這麼大膽）就在我想得入神之際，突然一把熟悉的聲音在呼叫我，「阿七！阿七！你發傻站在那兒做什麼！快跟我一起往李家！」師傅道，我從沉思中回過神來，提起藥箱跟上師傅的步伐，我看見師傅的急速，我明白到事情的急切性，一切都並不簡單！

第一次接觸屍體

步走了大約十分鐘，我的呼吸已經開始變得急促、開始喘氣、臉紅耳赤、大汗淋漓，但是只見師傅面不紅氣不喘，像是在普通步行一樣沒有丁點分別，我感覺到我師傅真是一個神人，一個身體矯健的神人！我從來都不知道師傅到底有幾多歲，每次我問起師傅時他都給出不同的答案，慢慢我已經不再問了！不過，我相信總有一天他會告訴我真相的。就在我差不多要用跑步的速度去追趕我師傅時，師傅說道：「阿七，到了！就是這裡，你去叩門吧！」在這時候我煞不住腳步，差一點點就撞向師傅。我喘著大氣走到一間石屋前，伸手向那一扇黑漆漆的門拍去，就在等待回應之際，我看看大門周圍，看見大門左右仍然掛著一對白燈籠，這令我感到全身都不自在，打了一個冷顫。師傅看著我說：「你怕什麼，你又沒有做什麼虧心事，怕什麼！有師傅在你有什麼好怕，萬大事有我在，你只管站在我旁邊就可以了，其他一切自有我會處理！」

雖然有師傅定心的說話，不過我的心仍然留有餘悸！不一會便有一個中年男人緩緩將門打開，問道：「你找誰啊？」對方向我打量了一下，感覺有些不屑，正當我想上前道明來意時，師傅就在這

封口

時阻止我，走到我前面，同時對方看到我師傅時即時改了口風，開口說：「易先生，原來是你，請進，請進！」什麼？原來對方認識我師傅，師傅向他說道：「這是我的徒弟！」又對著我說：「阿七，叫李叔啦！」我叫道：「李叔！」當然從這時候開始那個中年男人對我的態度也立刻改變。

走進屋內，師傅和我同時看到內堂那位先人的棺木仍然放在大廳中央尚未下葬，師傅開口便問：「為什麼先人還未下葬？吉日是否已經選定？」對方答：「易先生，其實吉日已經一早選定，但是不知為什麼山上那塊下葬吉地仍然沒有掘好，時間已經非常迫切，但都不知道怎麼是好？易先生，既然一場來到可否幫忙想想辦法？」師傅看著對方，感到無奈便唯有答應。師傅走到內堂直向棺材那方向走去，然後站在旁邊查看先人遺體，又向身邊人問道：「這幾天有沒有什麼特別事情發生？或者你們在晚間子時左右又有沒有聽到什麼聲音？」李叔回應說沒有什麼特別。同時，師傅向我打了

一個眼色，示意我看看先人遺體，用手指指了一下先人遺體某處示意我去觸碰一下，看看我能否看出任何端倪。在這時，我心裡突然之間產生一種無名的恐懼，生怕這時那先人會突然醒來抓著我的手，那我應該怎麼辦？於是我唯有聽從師傅的吩咐，舉手向他示意的位置去觸碰先人，我的手不停在顫抖，完全不受控制，又怕被師傅打罵，沒辦法之下唯有硬著頭皮向先人遺體的口部伸過去，試圖用手打開先人口部，查探究竟。

封口錢

第二章

封口錢（第二節）

當然，我知道需要尋找什麼，但是心裡的恐懼卻是無法言語的，我知道這一次是怎樣也沒法避開的。唉！我從來沒有想過我竟然會碰到這種事，天啊！救命呀！師傅像是看穿我在想什麼便說道：「阿七，你慢吞吞在幹什麼？還不快點？太陽快下山了，太陽下了山，陰氣更重，你更下不了手。」就在這時我回過神來，想想也是不如盡快，於是我便加快速度，想著死就死啦！不知從哪裡來的勇氣，我用手將先人口部打開，一看裡面果然少了一件東西，我便向師傅點點頭示意已經找到答案。看著師傅反應，師傅又再眉頭一皺，我估計都不是一件好事，這次麻煩了，隨即我在旁邊拿起一炷香點起來，向先人賠禮道歉，並再拿起另一炷香點起繞著剛才那幾根手指轉圈以圖減輕那股臭味。

封口

消失的紅線

當一切完成後，師傅看看太陽，向李叔說道：「其實時間已經不早，不如明天我們一早上山看個究竟好嗎？」我心想師傅是否要我倆在這家人處借宿一宵？如果真的那就慘了！為什麼？因為我沒有什麼可以替換的衣服，剛才已經走得全身濕透，如果真的要在此借宿那便沒有沐浴的機會了。我其實最怕沒有機會沐浴，這真是難為了我。說罷師傅向他們詢問下葬正確位置後，便約定明天早上六點在山上等，接著跟我說：「阿七，我們先回去收拾工具，明早再前來吧！」說時遲那時快，師傅便大步向大門走去。當然，我亦快步跟著師傅步伐，心想明早六點？那我豈不是連四小時也睡不了？

在回程的路上，一路走著我便開始問道：「師傅，可否告訴徒兒，究竟發生什麼事讓師傅你那般緊張？事態是否很嚴重？」師傅開口說道：「阿七，你還記得我教過你嗎？這裡有一個習俗，就是給先人口裡含著一枚『封口錢』。當人剛嚥氣，就要趕緊把預備好的封口錢，穿上紅線放入先人口內。然後，又要把紅線另一端拴在壽衣布帶上，防止溜入腹內，待盛殮時揪掉紅線。封口錢可以是一枚銅錢或其他金屬硬幣。但是你剛才檢查先人口中是否沒有這枚封口錢？也看不見紅線對不對？」我好奇問道：「師傅你是如何知道問題所在？我沒看見你觸碰先人遺體檢查，你是如何得出答案？請師傅教導我。」師傅又說：「我看到遺體上並沒有任何紅線，我就知道沒有封口錢在先人口中了。這次說明你的觀察力仍然有待改善。」「唉，為什麼我又大意了，否則就不用伸手去探索了！」一邊走，師傅一邊囑咐我要準備那些工具，那些工具不外乎羅庚、墨斗線、硃砂、毛筆、符紙、香、白蠟燭、冥錢、白米、銅錢、硃砂、紅繩等等，說著說著便到家門了，這時已經是晚上七點多，要準備吃晚飯、沐浴。另外，我更要趕快執拾好工具，早些上床休息，不然就不夠時間休息了，我倆師徒要在寅時二刻出發去目的地呢！奇怪地我竟然可以立刻入睡，但不一會兒鬧鐘已經響起來，我立刻起身準備早餐，原來師傅已經比我更早起來了，亦正在點算我之前準備好的工具，生怕我出錯。幸運地我沒有遺漏任何東西，師傅滿意地看看我。我們兩人吃過早餐後便出發前往目的地，我沒有一絲睡意，精神抖擻跟上師傅起程去。大約一個小時後我們便到達目的地了，比起原定時間早了半小時，師傅就在這時要我將羅庚及墨斗線取出並開始工作！

誤摸先人犯大忌

師傅在墳地圍繞踱步，左右不停觀察，手上不時掐指數著數著，我便跟在師傅後面做一個下把手。就在這時，李叔到了，大家寒暄問候一番，師傅緩緩地說：「這幅地只宜下葬女性，不宜下葬男性，我看你們還是另選別地吧！而且早前所選定之日期亦不適合先人下葬，請問為何會選定該日？」李叔答道：「日子只是湊巧各人都可以齊集，所以選該日！」聽後，師傅默不作聲，但李叔的答案卻令他差點兒反白眼了。不過，這時我卻想到這與那個病人有什麼關係呢？但是我並沒有在這時提出疑問，只是默默站在一旁跟著師傅。就在這時李叔回答說：「我昨晚想起了當日在家中舉喪之時，隔壁陳老爺子亦有到場，初時還好好的，但是當他走到棺木旁時便情緒激動起來，伸手去觸摸先人，大家看情況不妙隨即拉開陳老爺子。接著他便坐在一旁沒再作聲，靜了一會兒後他就慢慢離開了，到底他是怎樣離開也沒有人特別留意呢！」

聽畢師傅默不作聲繼續沉思，當過了一會兒，師傅便帶頭下山了。眼看師傅一直走向陳老爺子家那方向去，師傅走得急促我亦快步跟上，與其說我是快步跟上，不如說我是跑著跟上，沒想到我師傅也是一個跑步能手，我實在跟得有點兒吃力。

過了一會兒，我也不知跑了多久，眼看就到了陳老爺子家門，上前拍門仍是那個聲音沙啞的婦女應門。那婦女見到師傅來到便立即邀請內進，於是師傅直奔陳老爺子床邊再次把脈，接著吩咐我將硃砂、符紙、毛筆準備就緒，我心想師傅應該開始動手了吧。不一會師傅走到枱前抬手一揮幾張符紙便已經寫好，我看著那些龍飛鳳舞的字體沒有一個是我認識的，我開始懷疑我的中文水平是否差得如斯田地？就在師傅剛剛停筆之際，那個陳老爺子突然之間像是醒了一醒，張開眼睛向周邊看了一眼，但又再次暈過去。就在這時師傅叫那名婦人準備一枝蠟燭，並指明一定要是白色的。

陰魂收入胡蘆裡

師傅把剛才其中一張紅色符紙用火柴點著後再去點著那白蠟燭，這個做法我還是第一次看見。看著也夠神奇，那蠟燭不消幾秒便點著了，眼見那張紅色符紙仍然在燒，不知道師傅從哪裡掏出了一個白瓷碗將紅符放入碗內等其燒盡，然後命那婦人倒入清水給陳老爺子灌下，同時亦吩咐說：「在這時不要讓這枝白蠟燭熄滅，直至完全燃盡為止。」那婦人於是死守看著這枝白蠟燭，半步都不敢離開。根據師傅估計這枝白蠟燭需要兩小時才會熄滅，必須小心看守否則後果嚴重。與此同時師傅把剩餘的符紙張貼在屋內兩個位置，然後便說道：「今晚十一時左右我倆師徒會再次到訪，同樣地請準備好香枝及蠟燭。」師傅和我便離開回家去。

回到家中已是過了午飯時間，我便立即幫手準備午飯。當然這頓午飯並沒有什麼美味佳餚，只是簡單的蒸蛋、炒菜及蕃茄炒蛋，不過可能因為我太肚餓了，吃得有點兒狼吞虎嚥，接著又是被師傅一頓訓斥。正當我跟師傅聊起剛才的事之際，突然又傳來一陣急速的拍門聲，我想不會這麼巧合吧，不出意外真的出了意外！我前往開門一看，又是那個婦人，她說道：「先生，老爺子在家中亂跳亂叫又打破家裡很多東西，左翻右翻，像是在找什麼東西似的，請先生快快前往！」師傅開口問道：「那支白蠟燭有沒有被整熄滅？」那個婦人回答到：「我已經盡力，還差少少就已經熄滅。」於是我和師傅立馬放下碗筷提著工具箱便又再前往她家裡去。

電影橋段

我們到達門口便聽見屋內聲音嘈雜非常，似在叫囂又似在砸東西，突然有一件東西，向我迎面砸了過來，慶幸我即時避開，否則面容不保。說時遲那時快，師傅快步走向陳老爺子並將其按在地上，接下來的畫面就像電影一樣，師傅咬破食指 並在陳老爺子眉心點了一下，陳老爺子即時冷靜下來，像是什麼事都沒有發生過，呆呆地攤倒在地上，師傅參扶他坐下休息。師傅看他一眼後便叫上我，對我說要認清楚此人的面部神情、眼睛反應、某幾個部位的氣息走向，再叫我準備硃砂、符紙、毛筆。當我剛剛準備完畢後抬頭一看，只見有一個白影似的人形物體站在老爺子旁邊，我不禁打了個冷顫，這時師傅看到我的反應便說「不用怕，有師傅在，你站在一旁吧！」我聽師傅的話乖乖站在一旁，認為他可能其實一早已經看見，只是想我去感受一下那些突發情況的出現而已。

我看著師傅揮動毛筆，又是一輪操作之後，不消一會眼見他將一張符紙燃燒起來，再拿起一個木葫蘆對正某個方向，就在此時不知從哪裡傳來了一把男聲，好像是在跟師傅對話似的，可能礙於我功力太低，我無法聽清楚對話內容，只好繼續站著旁觀。又過了一會，師傅終於與那白影對話結束，他收起木葫蘆，然後放到我手上，叫我穩妥拿好，切勿打開葫蘆蓋。我當時看了葫蘆一眼，又將葫蘆搖了幾下，突然之間覺得葫蘆好像自己動了一下，隨即令我嚇個半死！在那邊廂，師傅正在為陳老爺子扎針，慢慢陳老爺子便開始甦醒，師傅便開始問道：「你知道你自己是誰嗎？大約十天前發生過什麼事你還記得嗎？」陳老爺子回答道：「那天我去了老李的葬禮，走到棺材旁，只想看看他最後一面，誰知突然有把聲音叫我去觸碰老李的身體，並拉一下身上的紅繩，就這樣我迷迷糊糊地照做，之後發生什麼事我便不記得了。」師傅說道：「你這是給鬼魂迷了心智做出一些出格的事情。不怕，現在已經處理了，我開藥你按時服下便可康復，但切記康復前再也不要參加任何喪葬儀式！」陳老爺子點頭示意知道。接著我便和師傅離開，回到家裡去。到家後，師傅吩咐我將葫蘆放到神壇前，然後上香，我一一照做不敢有誤。

合適安葬先人安心

食過晚飯後，師傅向我説到今天所發生的一切事情。師傅説道：「從前教你葬法，有些地方土質、地形、環境只適宜女性下葬，有些只適合男性下葬，這點你已經懂得分辨我不多説了，但是那個白色人影你必須要學懂是什麼一回事。其實那個白影就是李老爺子，在葬禮當日其實李老爺子的魂魄一直在家中走動，他聽到家人為他選擇之墓地知道並不適合，日子與時間都對不上，所以他唯有用這個十分迂迴的方法找上我去解決問題。阿七，你要知道其實師傳在屋範圍早已報下重重結界，不是普普通通的魂魄可以闖進來，所以才有這件事的發生。陳老爺子拿走的那枚封口錢正正給他放在家裡，所以才會有家裡一片混亂的情況出現，不過剛才我已經找到並且帶回來，待稍後選定地點及日期時間便可以好好安葬。阿七，我現在將先人及其家人的年庚八字交給你，考考你能否計算出一個合適安葬的日時。」説罷師傅便將所有資料交給我。大件事了！今晚豈不是我不能睡覺？那麼明天又要早起，我怎麼辦？沒辦法，唯有硬著頭皮做起功課來，期望做得不是太差，可免受罰。

事件的最後當然我所計算的日子並非最正確答案，不過亦所差無幾，只差了三日，我心中已暗暗歡喜，算是已經交代了。下葬當日，日子時間地點都均已選好，師傅命我帶上當日之葫蘆一同前往。我看見師傅親手把封口錢放進先人口中，並按儀式處理好，同時又將那個葫蘆放於墳地，整個儀式程序到這裡算是處理了三份一，然後還要等土地沉降和樹立墓碑才叫做完成整個過程。

封口

後記

這一次的經歷實在叫我難忘，不過我也明白到當一個人死後，縱使有萬般説話想再表達都不是一件容易的事，所以有什麼説話大家想表達應該抓緊時間。

第三章

路軌下的冤魂

第三章

路軌下的冤魂（第一節）

這個經歷是我在考會考前一年發生，一個令我第二次感受到人生無常的事件，當然這不是唯一的事件！這是一個關於我舊同學的事件，一個傷心的事件！

我認識這個同學是在中二那年，他是我的同班同學，個子不是很高和戴眼鏡，面型方方，髮型捲曲，因此同學都給他起了一個外號「攣毛」！我這個同學很喜歡打籃球，聽說自從中一開始他每日便會很早回到學校，對著籃球架不停練習如何投籃，投擲三分球，這是他給我最深刻的印象，至今仍然歷歷在目！據其他同學說，為了要得到投籃的準確性及加強彈跳力，他甚至每天會在腳上纏上重重的鉛帶。記得那時他家住粉嶺，而我們的學校是位於白田的山上，所以乘地鐵下車後就算普通步行，也需要二十分鐘時間，每天堅持

路軌下的冤魂

的恆心真叫人佩服！

中二那年雖說是同班同學，但是我與他並沒有太多的交談，我從小就是一個不太喜歡說話的人，更何況我的注意力只在書本中，直到一年後因為另一個同學的關係才有多一些的接觸！那年是中四，我還記得很清楚我這一班有四十四人，而女孩子只有十個，我是其中之一，為什麼會這麼少？因為我選讀的是理科，在我那年代喜歡讀理科的女孩子也不多，而我想讀理科的其中一個原因，因為我是一個極不喜歡背書的人，我以為理科不需要有那麼多的背誦，從小到大我一直有個疑問為什麼要背誦這麼多文章？有實際意義嗎？我明白不就可以了嗎！但是隨著時間我長大後經過師傅的調教，我開始明白其中深意，亦接受了背誦的重要性。可惜我這個想法錯了，理科要背誦的原來也不少，尤其是「生物科」！因此，我跟他再一次做同班同學，對他的瞭解亦多了，有一點是沒有改變的，是他仍然堅持「練習」！踏入這個年頭，身邊的同學包括我大都埋頭準備兩年後的會考，那有這麼多時間去運動，有時候功課忙得連睡眠時間都不夠，不過這個楊同學卻繼續堅持！

語重心長的一番話

這一年的寒假我一如既往回到師傅那裡學習，雖然師傅明明知道我的功課有多繁重，但是仍然對我說：「阿七，你要堅持下去，將來你定不會後悔今天的付出！」師傅這番說話令我覺得他好像是知道了什麼似的，沒有平時的嚴厲卻多了囑咐的語氣！只可惜我當時的反應也實在太慢了，沒有及時追問為什麼，將來會發生什麼事，我只默默點頭謹記。

大家不要以為我拜師後第一時間會追問師傅我將來的一生，我會問關於我自己將來的事只有一件：「師傅你為什麼會選我？我真的夠資格去學習嗎？」接著師傅定眼入神看了我一會兒，開口說

路軌下的冤魂

道：「阿七，你最近學校學習的進度如何？你的同學們都可以嗎？」我有些不明所以答道：「師傅，我的進度一般，師傅我不明白你想問什麼？」師傅猶豫了好一會開口道：「阿七，人生有五病七災，每一事都是一個經歷，人有悲歡離合，月有陰晴圓缺，一切都是一個『緣』字，我們成長路上要經歷的事情實在太多，不可能每一件事都盡如人意，你要學習面對與排解情緒，師傅不能夠每一事每一時都在你身邊，你要堅強一些！」

師傅說畢這話，我突然之間心生一股寒意令我非常不安，追問師傅發生何事：「師傅，是不是你有什麼事發生？得了什麼病？」我非常驚慌地問師傅，他嘆了一口氣道：「阿七，這並非是我有什麼大事發生，也不是你家裡會有什麼大事，而是你！這是你人生中的一個經歷，一個好好的經歷！在學習術數中的一個經歷，你要好好珍惜！」我仍然是摸不著頭腦，不知所以，到底師傅想說什麼？

師傅教誨

可能因為當時自己還不是一個反應快的人，如果我早知將會發生這件事的結果，我一定會追問師傅解決方法，或者如何將這悲劇的後果減到最輕，只可惜當年年紀太小經歷太少，不懂得如何追問。接著，師傅又說到：「阿七，現在是農曆新年前後，往後百日內，不管遇到碰到什麼事什麼人，你都要冷靜處理，不管你看見什麼，不用怕，沒有什麼東西是可以傷害你的，但你要緊記在一個睡眠充足的狀態下保持精氣神，假若遇到什麼傷心事，也不可以過度傷心，這只會令你的精氣神下降，對於你身體無益也阻礙你學習進度和影響考試。」

師傅說了這一番話就令我更莫名其妙，想想師傅也不是說我家裡有大事發生，我就沒有再追問下去，只是點了頭答應了師傅。一連十多天的假期就這樣結束了。我必須回去繼續應付功課、測驗、

路軌下的冤魂

考試，漸漸我便把這件事忘記了。每天大量的功課，簡直是把我壓得喘不過氣來，但是沒辦法，為了來年會考人人都必須努力應對，這是誰人也逃不過的考驗，我要在此聲明我從來沒有將我術數中所學的本事應用在考試當中，因為這樣做會令我覺得自己是在作弊，贏了一點都不光彩，更有辱師門。

傳來噩耗

我校每年都會在三和四月將學校借出為中學會考考試場地，自然今年也不例外，所以變相多了好幾天的假期，但這假期不足以可以讓我回到師傅那裡，所以我只能留在家中好好溫習，或者稍作休息。記得這天是一個陰天，灰濛濛的天令我的心情也跟著灰濛濛，唯一令我稍稍開心的是今天不用早起，可以睡過懶覺，也沒有媽媽催我早起，我終於可以睡至中午才起來，可能是因為高壓的學習可真的令人太累了。家裡沒人只有我一個，我便想著還沒有吃中午飯，那便動手準備，當吃過飯後，我正準備複習功課，突然電話響起來，我心想是不是我的同學嘉敏來電？我拿起電話筒：「喂？」嘉敏：「喂，你有沒有收到警署或者學校電話？他們說『攣毛』在油麻地地鐵站出了意外，正在醫院搶救情況危殆。你覺得是真是假？」我回答：「不會吧？你有打電話給他嗎？有打給其他人嗎？」嘉敏：「有，其他同學都收到電話，會不會玩得太過份呀！」我說：「再等等看情況再說，或者我打個電話到學校查詢一下好嗎？」在我放下電話的一瞬間，我腦海中像五雷轟頂閃電般，突然想起師傅早前奇奇怪怪的一番說話，會不會就是說這件事？我立刻用最簡易的方法掐指一算，算出「空亡」！心中暗暗不安，因為這是凶卦，卦象為「行人有災殃」！不會真的出了事吧，我立刻打電話到學校查詢，但是學校的回覆是正在核實中，未知道情況。

當我剛剛放下電話正想怎麼辦的時候，電話突然又響起，是警署打電話來：「這是何文田警署，你是否XX學校的學生，你認識

路軌下的冤魂

楊同學嗎？」

「我認識，請問是否發生了什麼事？」

「是的，楊同學今早在油麻地地鐵站月台上墮下路軌，正在醫院搶救中，但情況不甚樂觀，現在想請你到警署，我們有一些問題需要向你查問，請盡快到，謝謝！」

第三章

路軌下的冤魂（第二節）

「好的，謝謝。」說罷我立刻致電嘉敏，原來她亦剛剛收到通知，我兩便相約一起前往。到達警署時，我看見並非只有我倆還有其他幾個同學，不過我從他們的面上看見一絲絲的悲傷，我心想大事不妙，難道真的出了事？

輕生？意外？

一個警員向我們招手示意我們到他那邊，只是十多步的距離但是走得非常辛苦，這是我第一次走得這麼短又這麼艱難的路，我第一句開口的說話：「楊同學……他現在怎樣了？他沒有什麼事吧？」警員：「請你們冷靜，你們的同學……他因搶救無效已經於半小時前剛剛被醫生判定宣告死亡！」我聽後差一點就暈倒，這刻

路軌下的冤魂

我腦海一片空白，不知該如何是好，這時我被旁邊的嘉敏撞了我一下才回過神來。接著警員將我倆帶到另一個房間準備記錄口供，走進房間我們看到訓導主任也坐在那兒，一時間我倆都錯愕起來，老師叫我倆坐下，說：「我在陪同學們到警署記錄口供，你們不用怕，有老師在，你倆先坐下吧！」

警員開始向我們問話，我還依稀記得當時問我：「你由昨天晚上直到今天上午，你人在哪裡？有沒有與楊同學相約外出？他有沒有向你提及他今天會往哪兒去？」從警員的問題中可以聽得出他是在尋找同學外出的路線與終點位置，可惜我對他的行蹤一概不清楚，亦將昨天至今天我所發生的事如實報告。當記錄完口供後，我們便和幾個同學離開了警署，而走出警署門口亦已經是晚上了。

我們一行七人走著走著，大家都默不作聲，不知不覺間走到一處平時大家都喜愛去的快餐店，這地方也是楊同學曾經去過的地方，好像是大家甚有默契來到這裡，像是帶著一點懷念的感覺，大家都坐下來，只是沒有一個人是好心情的。起初大家都沉默不語，後來終於有一個同學先開口：「到底發生什麼事？他為什麼會在油麻地地鐵站出現？他只曾說下午要回家，但是並沒有人知道什麼時候，也沒有人知道在之前他去了哪裡，這到底是什麼事讓他離家出了門？」另一同學說：「聽警員說在閉路電視片段回放中看到楊同學像是自己跳落路軌，看不見有人推他，也看不見有什麼異常，這真是奇怪，明明昨天還是好好的，有說有笑，黃同學還與他相約今天去打籃球的，但是過了時間都等不到他，打電話到他家裡卻沒有人接聽，直到收到警署電話才得知出了事，因此警察們懷疑黃同學有可疑之處，所以他還沒有離開警署。」

無法溝通的靈體

大家聽後都沒有作聲，過了一會，有同學說道：「不會的，肯

路軌下的冤魂

定不會與黃同學有關，他倆這麼要好，一定不是他。」其實大家都心裡明白這與黃同學一定沒有關係，我們幾個人都非常深信這一點是真確的！不自覺地大家坐著坐著，便說起很多往事，說到他最喜歡打籃球，上課老是打瞌睡，大部份時間都看不到他用心上課，但是他的成績並不算落後，還有不錯的表現。就在這時我突然想起一件事：「我想請問C同學她怎樣了？她在哪裡？她應該知道了嗎？她會守在醫院？」

就在這時候，幾個同學都看著我的臉，像是我問了一個天下間最不應該問的問題，滿是錯愕的眼神。有同學說道：「C同學她當然是在醫院，剛才聽某警員說C同學是在醫院守候著的。」其實在我心底裡當然猜到C同學一定是在醫院守候的，但我最想關心是她的情緒狀況，畢竟他倆走在一起也是不久之前的事，是我幫了一個小忙傳遞了一個訊息，見證他倆走在一起，但是卻因為這一個小忙我後悔了。假若我當時能夠早些洞察師傅的弦外之音或者我的術數功夫可以再提升一些，或許世界就可以不同了！不過這個世界沒有如果、可能、或者，剩下的只有百般的無奈，不捨得，以及難受。」我們幾個人就這樣坐在快餐店不知不覺坐到夜深，然後無奈地各自回家去。

陰陽眼

隔天回到學校，在學校早會上當校長宣佈這個噩耗時，班中有幾名眼淺的同學即時聞聲淚下，氣氛頓時顯得更悲涼，這十分鐘是我第一次站得那麼痛，我沒想過生離死別竟可以這般接近，撫心自問在這一刻我真的不想再有人提起我們這位同學已經離開了我們，這個事實對全班同學來説真是太殘忍了！回到課室，班主任沉默了好一會兒才開口道：「今天並沒有安排任何課堂，同學們如果有誰想回家休息也可以，課堂會在明天照常，任何同學如果有需要可以向我們任何一位老師求助或傾訴！」儘管班主任已經將話説得很

路軌下的冤魂

輕，但仍然沒法讓大家釋懷。坐在不遠處的C同學，此時只抱頭伏在枱面一聲不吭，再看看不遠的另一張枱椅，空空如也，再看不到楊同學的身影，昔日的他總愛在上課時打盹，我看著看著，等等……我像是看到他，一個透明的他正如常的坐在他的位置上，我問自己是否眼花了？我揉揉眼睛定神再看，是他，正是他，我並沒有看錯！

剎那間我與他的眼睛對上了，他似乎知道我能看見，他便開口說話，但是我一句說話也聽不到，我無法與他溝通，就在此刻我開始意識到我眼睛的視力越來越厲害，實實在在的陰陽眼就從這一刻與我終身結合了，也把我的命運從此改寫！不過看到他其實我心裡是很害怕的，雖然他沒有給我看他最難看的面容，但是內心的恐懼感卻是揮之不去。我記得師傅曾經說過，鬼魂會自主給我們看他想我們看到的形態，或者是在我們腦海中想像的形態，亦有可能影像是非常恐怖的模樣，又或者是生前的正常模樣，所以鬼魂的形象變化多端，這也是令人心生恐懼的原因。

在班房裡看見他只是一個序幕，後面發生的事情就令我更害怕，令我怕得要向師傅求救，這是第一次！當時的我還沒有學到什麼有效術法處理這類問題，也是還沒有用心去學，因為要背誦大量的五術古文章已令我吞不下消化不了，學法更覺很累，所以並沒有學得很扎實，這次的經歷真是上天特意為我安排的報應，懲罰我不好好用心學習！

報夢

自那天之後，我便經常在晚上做夢看見他，在夢境中有時他會和我說話，有時將我帶到一些我從沒有去過的地方，但我從來都聽不到他說什麼，只見他很努力想向我溝通但是不成功，這些夢境持續了約一個多星期。起初我以為可能是日有所思，夜有所夢，不過後來我才明白夢境背後的原因，可惜當時我還很幼嫩，一點都幫不上忙。對於這件事我從來都沒有對任何人提及過，尤其當時的環境

路軌下的冤魂

氣氛令我更加沒有勇氣。又過了大約兩星期左右，楊同學家人通知校方出殯事宜，就在葬禮前的一個晚上我又夢見他了。在夢境中，我與他一同乘坐地鐵，這次我終於清晰聽到他的說話，他對我說：「我需要一副眼鏡，我的眼鏡給地鐵輾過變成碎片，記得！」

鬧鐘鈴聲突然響起，我醒了，但對於夢境裡的一切我記得非常清楚，於是我便立刻通知C同學，讓她通知其家人。學校為我們安排了車輛前往殯儀館，我們一行四十多人坐上旅遊車，在車上同學都安靜得非常可怕，氣氛相當壓抑！我人生中第一次踏足殯儀館就是這次！大家分批坐到兩旁，安坐後堂倌便開始整個儀式的流程。當來到最後的程序，大家排隊瞻仰遺容，不過我仍然坐在原位，沒有看！不是因為我怕，而是怕看見他意外後變成面容扭曲的遺容，我希望將對他的印象停留在從前最有陽光氣息的時候。突然之間，我心中感到一陣寒意，非常不適，正當我左顧右盼時，在禮堂的一角看見一個半透明的人形，我用力睜眼一看，便看見他，楊同學呆呆的站著沒有任何表情。當堂倌宣佈儀式完成準備上山，同學們緊隨其後目送他人生的最後一程路。即使完成整個過程，我仍然無法接受這個是事實，一切都像很不實在，這刻我真的如夢一般！

地縛靈

往後日子，各同學都開始慢慢接受現實，重新再回到學習的軌跡上，畢竟暑假後便升上中五準備人生的另一個考驗—中學會考。當大家都準備得如火如荼之際，卻有一個人是例外的。自從楊同學離開後她便一蹶不振，每天七節課堂她都沒好好上課，只抱頭伏在枱面不理會任何人，不論是老師或者同學走近想勸導她釋懷，都是徒勞無功，依舊這樣子，對什麼都提不起興趣，情況非常令人擔憂。學期末考試終於都完結了，來到中學的最後一個暑假本以為可以在家好好溫習，可惜老師安排了考前補課，整個暑假大部分上午時間都是在上課，不過C同學卻一直沒有出現上課。

路軌下的冤魂

一天放學後，我需要前往旺角購置文具用品，於是乘坐地鐵前往，當地鐵緩緩駛入油麻地站時，我看到一個熟悉的身影，是他，楊同學？他站在月台上望向迎面而來的列車，我再次與他眼睛對視，他又像是有什麼想我幫忙，我看到他的面部蒼白如死灰，頓時全身雞皮疙瘩，不過我仍然是處於沒有辦法的狀態。隨著列車離開月台，他的身影也漸漸消失在我的視線範圍。這是第一次，當然不是最後一次……大約過了幾天後，同樣的情況又再一次發生，同樣在月台上，不過這次是我準備上車而他在車箱內，他這次的面部卻非常恐怖，是一個不完整的臉孔，臉部滴血四肢滲著血不停向外擴散，明顯看見有一隻腳像是離開了身體但卻又原地站立著，一看便知是遇到意外後的情況。當時我非常害怕，只是沒有叫出聲音，但是我並沒有上車，而是原地全身僵硬地站著，列車又再一次開出離開月台，他死死的看著我，我怕了，我真的很害怕，心想你為什麼要嚇我呢？我唯有讓自己冷靜下來等待下一班列車再乘搭，這是第二次。

身體支離破碎

又過幾天後，我再一次乘車來到同一個車站，不過這次我並不是在前兩次的位置等車，我換了一個更遠的位置，可惜他又再一次出現，我終於明白什麼叫做「冤魂不息」，應該是這種吧！但這一次樣貌更恐怖更難看，我看見他像是整個身體被支離，四肢卻又拼湊回去，而拼湊位置一直流著血，這是在拍恐怖片嗎？我心想：「為何是我遇上？我法力又不高，對靈界之事還是處於一個懵懂的狀態，束手無策，為何偏偏選中我？你走吧，我幫不上忙！」心裡暗暗叫道：「師傅呀！救命呀！為何我要偷懶不好好學習呢！」這是第三次。

最後，我實在是沒有辦法只好寫信向師傅求救，等待師傅回信的日子簡直就是度日如年。最後師傅有回應了，從信箱中取出一封回信，我打開一看，師傅只寫了：「一切隨緣，留意節氣！」八個大字！什麼？就是這樣嗎？那我怎麼辦？我查一查萬年曆，快到「處暑」了，再看一看原來是農曆七月節，怪不得會遇到他！於是我便用我僅有的零用錢往紙扎品店舖買了一些祭品燒了給他，當然在紙扎品店舖內別人像看外星人一般看我，沒想過會有一個學生能夠清楚説明需要什麼祭品，我也懶得管他人的眼光。後來，在新學期開學前我最後一次遇見他，他又是給我看見恐怖的一面，我心中默念：「對不起楊同學，我學藝不精未能夠幫上什麼忙，請你另選他人。」從那次之後我便沒有再「碰倒」他了。

後記

人生無常是有常，我們做所有事都要及時，別説還有下一次，錯過就是錯過！一切都要及時！

第四章

吊頸

第四章
吊頸（第一節）

不知道大家有沒有見過吊頸死的屍體呢？我就見過！這也是發生在農村裡我學藝時的一個經歷，算是其中一個不愉快經歷之一，當時我已經中學畢業但仍在學習階段，處理問題已經有些許經驗，不過當然火候控制還差一點，而簡單問題師傅已讓我單獨處理！

那時才剛剛踏出社會，有很多人情世故還是似懂非懂，處理問題時有不周到。記得那次正是聖誕節加元旦假期，我又踏上征途了。現在車程時間比以往少了不少，已經有公交車可以到達師傅住的村口，的確省了不少時間！不過師傅仍然希望我可以好好鍛煉身體及意志力，步行入村，當然我也盡量配合。

我提著行李及禮品進屋，剛進屋後便與師傅說著近況，過了不

吊頸

到一小時，又是一陣急速的拍門聲，為什麼每次都是一樣的！這時師傅説道：「這次事件不易處理，阿七又是你的考期了！」説罷，師傅笑笑走入房內留下我一人去應門，這一動作即説明師傅不會管這事，此是我和師傅的約定動作，接著我便去應門了。開門即看見一個上了年紀的男人，看年紀應該已過花甲之年，一面皺紋寫下了歲月的痕跡，他説道：「易先生在嗎？我找他有急事！」我回答：「師傅不在出門去了，我是他徒弟阿七，有什麼我可以幫手嗎？」男人説道：「你？可以嗎？你幾多歲？你懂什麼？」我回説：「年紀與是否懂得處理問題無關！」男人面色一沉，轉身就準備離開，就在此時師傅從房內走出來開口説道：「等等，我就是易先生，她是我徒弟，我都可以信她，你為什麼不信任她，那即是代表你連我都不相信，那就請你另請高明，阿七，送客！」師傅準備轉身就走，不過就在這時那男人開口道：「等等先生，無問題，我信，那就請小先生跟我走一趟吧，謝謝師傅！」有人叫我「小師傅」，第一次，人生的第一次，我當然很高興心裡沾沾自喜，不過高興歸高興工作仍然是要繼續的，於是我便提起自己的工具箱跟他前往。

屍體左搖又擺

一邊走著一邊向他詢問情況，那男人姓黃，姑且叫他老黃吧！據老黃說他隔壁屋林家昨晚有人出了事，是一名女子，今朝發現的……我突然有一種不好的預感產生，我問道：「出什麼事？」老黃說：「聽說這名女子被人騙婚又懷孕了，她不知道怎麼辦，一時想不開就上吊自殺，屍體還未處理，已經通知村公所公安單位，單位正準備派人前來但是仍未到達，她家人發覺女兒死狀有點不對勁再加上有孕在身，聽村裡老一輩的人說這種情況非常邪門，便提議要請先生來看看，要是真的有什麼邪門事也可以早早處理。」我心想為什麼我出門之前不問個清楚，這是真有點兒麻煩，雖然師傅曾經有教導我如何處理，但是要我獨自面對真的有一點沒底啊！

吊頸

想著想著師傅的話，不經不覺就已經到了那間屋前，老黃就在這時對我說了一句：「小師傅，你要有心理準備，一會你會看到非常難看的一幕！」說罷就把門推開，正當推開門的一剎間，那女子正是直直的掛在前廳中央的橫樑上，我並沒有給眼前的一切嚇倒，反而我的視線看到她兩手緊握雙拳，而其中一隻手更像是握著什麼似的，但我看不清；另外，我留意到那女子的屍體雖然懸掛在橫樑上，但是為什麼會不停地左右搖擺？難道是牛頓定律在這女屍上發生嗎！真是奇怪，於是我問道：「這位林小姐一直都是左右搖擺嗎？」突然之間有一把女聲回應：「我是她姊姊！是的，當今早走到前廳時就看到這個情況，我們全家人都不敢碰她，一切就這樣保持原狀，而看到時就不停地左右搖擺。老黃說這事要請一位師傅來幫忙處理，於是就跑去叫先生了！」我明白到這事不簡單，於是我便橫視四周走走看看。

陰靈騷擾

過了一會兒，我開口說道：「這個林小姐是幾年幾月幾日幾時出生的？」我一邊問著一邊找出萬年曆，當她姊姊把她的資料報出來後，我翻一翻手中的萬年曆，一股寒意又從背部湧上來，頓時我當場發傻了一會，喃喃自語：「原來是這樣，容易受陰靈騷擾，命格極弱，怪不得！」在旁有人聽到我這一番說話便問道：「這怎麼辦？大家會因此事而受牽連嗎？」我回答：「這很難說得準！」頓時在場所有人都驚呆了，我補充道：「要視乎事件發生的時候有多久！」她姊姊說道：「這事只不過發生了一個晚上，有那麼嚴重嗎？你是不是說得太誇張了！你有沒有看錯呀！還是你想敲竹槓！你到底懂不懂！若果不懂我們找別的師傅再看看！」

正當我想回對方時，突然有一把熟悉的聲音開聲道：「你們村裡的水井都是我尋水源開的，那時你還沒出生！這孩子是我的徒

吊頸

弟，我派她來代替我，我都信得過，你就信不過？那其他人呢？你們呢？」救星到！這是我師傅，不知道師傅是何時來到的，真是來得早不如來得巧。

存在另一個冤靈

現場頓時死寂一片，師傅接著說道：「阿七，你接著說該怎樣處理。」我接口道：「這女子的魂魄其實仍然在這房子的範圍內遊走，這不用怕……」我猶豫了一下才繼續說：「不過，這裡還有另一個鬼魂存在的痕跡，這個就不可以小看，是一切麻煩的根源！」我問道：「這房屋之前是住什麼人？有發生過什麼事嗎？依卦象中看之前是有一家四口住的，同樣地亦有一個女子是幼女，因感情問題用同樣的方法自殺的，你們最好想清楚別隱瞞！」說罷，我偷偷看一看師傅，這時師傅微微點了頭，這一下子我有了信心！

這時家裡母親回答：「對呀，一事不差，當初我們認為沒什麼就要了這套房子，只是死了個人沒什麼大不了的事，反正我們都不信這事，總之有房子住就是好。不過當我們一家四口搬進來後，怪事發生了！聽玲玲（女死者）說，有次夜半起身去灶間倒水喝，經過前堂看見似有一個女人人影飄過，當揉一揉眼睛想再看真的時候人影就不見了。她不以為然當沒事，從那次後她就經常說見到有女人人影飄來飄去，於是我就找村長打聽一下情況，才知道原本住在這房子的確是四口子，最小的也是個女兒，她因與一個有婦之夫相戀，遭到對方欺騙懷孕後又遭對方拋棄，一時想不開就……真是萬萬想不到玲玲竟然……」林母一邊說一邊哭著道。聽過歷史後，我不禁又從心裡生出一絲寒意，師傅從前說的「鬼找替身」我算是碰上了！聽後，大家都把眼光投放到我身上，正等候著我的答案。不一會兒我自信地說：「我回去稍為準備些東西，今晚我會再回來，子時清理應該清理的東西。」然後我便與師傅回家去了。

吊頸

第四章
吊頸（第二節）

回到家裡，我將剛才起好的奇門盤式向師傅問道：「師傅，我開了這個盤，內有一個格局—『幼女姦淫』，我是從這個格局推演出其他的事，還有師傅我看到『生門』有六儀擊刑出現，這也代表房屋出了問題……」我急切地解釋著我的推演，渴望得到師傅的認同，師傅看了看我寫的筆記再看看我，嘴角微微向上說道：「總算有一點點像樣了，沒讓師傅丟臉！預測算是『文關』過了，那麼『武關』就要看你如何應對了！阿七，這事說難不難，但說易也不是容易的事，你打算如何處理？時辰你已經算對了，那麼其他的呢？」

於是我將我的計劃告訴師傅：「師傅，我打算在房子前堂，在西南位置放一個小硃砂網，然後……」師傅看我一邊說一邊計劃整個處理方法與過程，就在這時我從師傅的臉上看到一絲絲的肯定，我心裡不其然多了一份暖意。第一次得到師傅的肯定，我內心非常激動，我

吊頸

說了一句：「多謝師傅！」師傅回道：「你以後要走的路還很長，你要好好成長，師傅沒可能在你身邊跟一世，慢慢所有事都只能靠你自己了，所以記謹功夫要學好要扎實不可以偷懶，處理問題要有自信，面對客人要沉著冷靜不可以嬉皮笑臉，你是靠本事不是靠滑頭，不可阿諛奉承你的客人。阿七，切記！」。「師傅，我明白，我會記住的。」我回應師傅。

鬼迷

時間到了晚上十時，我正在該房子內佈局，待至一切準備就緒我請所有人返回房內，否則不要前往前堂。我端坐在前堂左手執銅鈴右手結手印等待子時的到來，眼看快要到達子時，我的心跳加速至差點無法承受！永遠世事都有變化的可能，即使你事先有百份百的安排、準備，但變化總比計劃快。等等等……眼見都已經接近十二點了，那鬼魂還沒有出現在這一刻，我開始懷疑自己是否計算出錯？在哪一個環節發生問題？不過再冷靜想一下，我的佈局是得到師傅的首肯，這是不會錯的，我應該要處變不驚，要冷靜！突然之間，我看見林小姐的鬼魂慢慢從東北位置出現，面容蒼白得毫無血色、眼睛全無焦點的向我這邊走過來，當然不是真的「走過來」，而是飄過來。我大膽叫道：「林小姐！林小姐！」可惜對方並沒有回應只是繼續向前行，我唯有讓出通道給她，她似在重覆作晚所做的一切。就在此時我搖起手鈴，一瞬間她全身抖了一下意識像是慢慢甦醒過來，她開始左右張望充滿疑惑喃喃自語道：「發生什麼事？我在做什麼？爸、媽呢？為什麼前堂這麼黑？為啥？到底發生什麼事？爸、媽！」我說道：「林小姐，我是爸、媽叫來幫你的，你可不可以將你之前發生的事說給我聽。」

在這時我不能說出她已死的真相，我怕她會因此而嚇跑了。接著她便開始道出經過：「我上個月與阿東說了我已經懷孕，但他反應很大叫我將胎打掉，並說其實他已經有家室，不能與我結婚，我當時都不知道怎麼辦，每天都非常不高興，晚上又睡不著，慢慢地在晚上我聽到一把聲音對我說，像是叫我去教訓這個男人，要他後悔一世，它叫我去死，之後我開始迷迷糊糊，再之後發生什麼事我也不知道了！直至現在你叫我，但到底發生什麼事？你可以說給我知嗎？」我說：「等一會我會搖響這個銅鈴，你看著這個葫蘆，我再慢慢解釋。」我開始一手搖銅鈴，口唸咒語，腳踏罡步，另一手拎起葫蘆然後打開蓋讓她看著，不一會林小姐化成一道清煙進入了我手中的葫蘆裡，我立刻把葫蘆蓋上對著葫蘆說：「林小姐，不用怕，我會照顧你，你暫時休息一下。」然後，我把葫蘆放到腰間再重新坐下等另一個「主角」出現！

超度亡魂

坐著坐著眼見時間一分一秒的過去，時間快到三點了，還是沒有任何動靜。突然之間有一股寒氣向我迎面而來，我打了一個冷顫，隨之一個非常恐怖的畫面出現了！在我前面出現了一個面部扭曲、慘白的臉，與我只有三、四寸距離，真的把我嚇了一跳！這是一張女性的臉，她向我張牙舞爪怒吼道：「你是誰？你在這裡做什麼？那個女孩子去了那裡？交出來！」我說：「我問你是誰？你為何要害死林小姐？你以為這樣就可以有一個替身讓你脱身？」她怒吼：「你別多管閒事，否則我就要你代替她！將她交出來！」

我頓時下意識摸了一下葫蘆，就是這一個動作讓對方亦看了葫蘆一眼，我心想不妙露出破綻。她突然飄到我身旁，在我還沒有來得及反應她便想過來搶走那葫蘆，我從來沒有想過鬼魂可以來得這麼真實，剎那之間一個轉身我竟然可以閃避開她的鬼爪，她立刻追了上來，我也幸運地閃躲開。我立刻從袋裡掏出符紙向她貼去，第一、二次都撲個空，但是我並沒有放棄，就在這一次我偷襲成功總算把符咒貼到女鬼身上，即時一道白煙四起連我都被嚇呆了，沒有作出任何反應，身後突然傳來一把熟悉的聲音，「你傻傻站著做什麼！還不快快用硃砂網收入布袋！還等什麼！又想被我打！」師傅，這是師傅的聲音，我頓時感到很有力量，立刻照師傅說話行動了，很快我便收走了她。及後我便通知屋內所有人，但當我看到林媽媽時，她的眼淚在眼裡回轉，像是有很多事情想問我不過欲言又止，我說道：「一切問題都已經解決，大家可以安心，林小姐的魂魄我會好好超渡，各位放心！」

這次師傅的突然出現令我想起從前第一次在墳場過的那個晚上，他也是在最重要關頭便出現，這次也不例外。師傅在我身後給我無限量的支持，但是我經常有一個疑問，為什麼他總是躲在暗處然後又會在適當時候出現？總是神龍見首不見尾，真不愧為師傅，有師傅的感覺真好！回到家後，我帶回來的葫蘆及布袋放到師傅家的壇上準備超渡，當然並不是只有我一個人，自然也少不了師傅的份兒，師傅自是會幫著他徒弟我的。

後話

想知道這次我的報酬是什麼嗎？哈！哈！哈！猜一猜！最後我得到了一筐雞蛋！

第二部份

另類民間異事

我在鄉間的日子，
最開心是聽故事，
從師傅或師兄師姐那兒
聽來的民間故事，
一代傳一代，口耳相傳，
既有趣，又警世。

第五章

無面容

第五章
無面鬼（第一節）

在一個遙遠的小村莊，四面環山，只有一條小徑與外界相連。村子裡的居民生活平靜而古老，世代相傳的習俗和傳說是他們生活的一部分。其中最讓人提心吊膽的傳説，就是關於「無面鬼」的故事。

據説，很久很久以前，村子裡住著一位年輕女子，美麗而聰慧。她擁有一雙會説話的眼睛，但她從不言語。村裡的人都愛慕她，但她似乎總是在尋找著一些不可言喻的東西。直到一個陰雨綿綿的夜晚，一位陌生的旅人來到了村子。他的到來打破了村子的平靜，也改變了年輕女子的命運。旅人給女子帶來了一面鏡子，這是從遠方異國帶來的寶物。女子第一次看到了自己的容貌，她被自己的美貌深深迷住了。她開始沉迷於照鏡子，日夜不分，漸漸地，她開始忽

無面鬼

略了村子裡的人和事，甚至她的家人和朋友。

不久，神秘的瘟疫席捲整條村，人們開始生病，接連不斷地死去。但女子似乎完全沒有注意到這一切，她只關心自己在鏡子中的倒影。直到有一天，當她再次凝視鏡子時，她震驚地發現自己的臉竟然消失了。鏡子中只剩下一張空白的面孔，沒有眼睛、沒有鼻子、沒有嘴巴。女子驚恐失措，她四處尋求幫助，卻發現村子裡的人都已經死亡或是逃離了。她孤獨地在空無一人的村子中徘徊，用她那無面的輪廓對著每一扇門，每一扇窗戶。但無論她怎麼試圖尋求幫助，都沒有人能認出她，也沒有人能聽見她的無聲吶喊。

被詛咒的鏡子

從那以後，村子被完全遺棄了，漸漸地被外界遺忘。但傳說中的無面鬼卻永遠留在那裡，成為了一個不死的存在。她被困了在自己的映像和失去的靈魂之間，那面鏡子成了她永恆的詛咒。多年後，一個好奇心旺盛的年輕探險家聽說了這個故事，決定進入那個被遺忘的村莊尋找真相。他不相信鬼魂的存在，只把這些當作是老婆婆們傳唱的童話。

然而，當他踏入那片被大自然吞噬的廢墟時，一股莫名的寒意湧上心頭。他走過破敗的屋舍，踏過滿是青苔的石板路，每走一步，都感覺到似乎有什麼東西在跟隨著他。直到他發現了那面鏡子，它安靜地靠在一棵老樹下，鏡面不再明亮，但卻依然完好無損。探險家好奇地凝視著鏡子，只見自己的倒影突然扭曲，變得模糊不清。他試圖轉身逃跑，卻發現自己動彈不得，就像被無形的鏈條緊緊束縛。他臉上的特徵開始消失，就像當年那位美麗女子一樣。他想尖叫，但聲音卻無法從喉嚨中逃逸。

無面鬼

無聲吶喊

當地人說，在那個村子附近的夜晚，有時會聽到一陣陣低沉的哭泣聲和尋求幫助的無聲尖叫。他們相信那是無面鬼和那個探險家的靈魂，他們被困在一個無法逃脫的詛咒中，永遠無法找到安息之地。而那面古老的鏡子，據說至今仍在那棵老樹下靜靜地躺著，等待下一個好奇的靈魂來到，重複那個悲慘的循環。因此，無論是誰，都盡量避免接近那片已被詛咒的土地。然而，人類的好奇心有時是無法被警告所抑制的，村子外依舊有人偶爾談論著那個神秘的傳說，有的是帶著恐懼，有的則是充滿了冒險的渴望。

數年後，一個由科學家、歷史學家和民俗學家組成的小隊決定深入這個村莊，目的是為了揭開這個傳說背後的真相。他們帶著先進的設備和滿腔的學術熱情，卻不知自己正走向一條無法回頭的路。他們進入村莊的那天正是陰雲密布的下午，空氣中彌漫著一種壓抑的沉默。隊伍中的每個人都可以感覺到一種看不見的壓力，像是無數無形的眼睛在注視著他們的一舉一動。

當他們找到那面古老的鏡子時，它仍舊靜靜地躺在那裡，彷佛在等待著他們的到來。隊伍中的一名科學家走上前去，小心翼翼地檢查著鏡子的形態，試圖找出這個物品與眾不同之處。

難以磨滅的可怕經歷

突然間，他們的通訊設備開始發出刺耳的噪音，隨後完全失去了信號。隊員們開始感到不安，科學家的臉色也變得蒼白，因為他們看到了鏡子中出現了一道裂痕，而那裂痕正逐漸擴大。接著，一件令人難以置信的事情發生了—鏡子裡面似乎有什麼東西在移動，一個沒有面孔的輪廓慢慢浮現出來，它的手臂伸向了鏡子的邊框，彷佛想要突破鏡面的限制。

無面鬼

隊伍中的人開始恐慌，他們試圖逃跑，但每個人似乎都被一種看不見的力量固定在原地。就在這時，無面鬼的形象完全顯現在鏡中，它的手伸出了鏡面，觸碰到了這個世界的空氣。那手摸索著，彷彿在尋找著什麼，直到它的指尖觸及了一名民俗學家的臉。她的驚叫聲突然戛然而止，她的臉上的特徵開始模糊，直至完全消失，就像被擦拭掉了一般。隊伍中的其他成員目睹了這一切，恐懼讓他們無法動彈，他們的心跳如擊鼓般劇烈。那無面鬼的形象開始從鏡子裡走出來，每一步都帶著詛咒的力量，村莊周圍的空氣變得扭曲，樹木和草地開始枯萎。

集體恐懼症

科學家念頭急轉，意識到他們必須打破這面鏡子，才能結束這場噩夢。他用盡氣力把背包中的重錘取出，並且向鏡子投擲過去。錘子在空中劃過一道弧線，砸向那面古老的鏡子。鏡子發出了一聲淒厲的尖叫，就像是一個被長期囚禁的靈魂終於得到釋放。裂痕迅速擴散，鏡子碎成了無數片，隨著碎片散落，那無面鬼的形象也隨之瓦解。隨著最後一塊鏡片落地，那股束縛他們的力量消失了，他們終於能夠動彈。隊伍中的每個人都深深地吸了一口氣，他們看著那名民俗學家，她的臉已經恢復過來，但她的眼神空洞，彷彿看到了某些無法言說的恐懼。他們知道，即使他們逃脫了，但這段經歷將會永遠烙印在他們的心靈深處。

那面鏡子的碎片被小心翼翼地收集起來，被他們帶回去進行研究，以確保這種事情永遠不會再發生。但是，無論他們如何努力，那片被遺棄的村莊始終籠罩在一層神秘和恐懼的氛圍中。碎裂的鏡子帶來的寧靜只是暫時的，因為儘管鏡子已破，但傳說和恐怖仍然在人心中滋生。隊伍回到文明世界後，他們將這次經歷記錄下來，但是很少有人相信，認為這不過是虛構的故事。隨著時間的流逝，那些碎片被鎖在深深的地下實驗室中，成為了研究對象。科學家們試圖從這些碎片中解讀出古老詛咒的秘密，但這些碎片似乎失去了它們的魔力，變得就像普通的玻璃一樣。

未解之謎

事情其實並未完全結束！在無面鬼被釋放並隨著碎裂的鏡子消散後，村莊中又恢復了一絲生機。草木開始重新生長，野花在破敗的屋舍間綻放，彷彿大地在慶祝某種詛咒的解除。但是，當夜幕降臨，月光灑在那些荒廢的路徑和倒塌的屋頂上時，依然有些東西在陰影中徘徊，一種微弱的低語在風中回旋。

村莊的邊界處，有時候還能看見一個沒有面孔的身影站立在路的盡頭，就像它在等待著什麼，或是等某個人。這個故事很快就成為了新的傳說，吸引著另一批尋求刺激的探險者和不信邪的靈探好奇者。他們中的一些人從那村莊回來時，總是帶著不安和恐懼的眼神，而另一些人則再也沒有回來。所以，即使是現代科技高度發達的今天，那個小村莊仍舊是一個未解之謎，一個警示人們尊重未知和超自然力量的故事。

警世寓言

無面鬼可能不再是實體，但它的故事仍舊在人心中留下了不可磨滅的痕跡。隨著時間的流逝，那些曾經踏足村莊的探險者開始經歷著奇怪的現象。夜晚，他們會夢見一個沒有面孔的女子，在夢中她以指尖輕觸他們的臉龐，而醒來後，他們會發現自己的臉上有輕微的刮痕，就像是被虛空中的指甲劃過一樣。這些故事像病毒一樣在社區中傳播，引起了廣泛的恐慌和瘋狂。學者們試圖用心理學來解釋這些現象，認為這是集體恐懼症的一種表現，是人們對於那些未知事物自然反應的放大。但對於那些經歷過的人來說，他們知道這不僅只是心理作用，而是他們感受到有某種超自然物質的存在。

無面鬼

在村莊中，那棵老樹依然屹立著，似乎成為了守護者，守護著這片土地不再受到詛咒的侵擾。但老樹下，偶爾還能找到鏡子的碎片，每一片都像是帶有生命的碎片，閃爍著不祥的光芒。

有人說，那些碎片是無面鬼仍在這世上流浪的證據。她或許不再能通過鏡子來到我們的世界，但她的怨念和力量仍舊在這些碎片中殘留。每當月光灑在碎片上，它們就會微微顫動，好像在呼喚著什麼，或是被呼喚著。

夢魘

而在遠離村莊的城市中，那些曾經帶回鏡子碎片的研究者開始經歷著不可解釋的事故。他們的夢境充滿了迷離的迷宮和無盡的追逐，醒來時總是感到疲憊不堪。一些研究者甚至神秘失蹤，留下的只有一些散落在工作台上的鏡子碎片和他們未完成的研究筆記。筆記的最後幾頁常常是潦草的字跡，記錄著他們對於碎片產生的異常著迷和恐懼，以及他們試圖解開的某個可能永遠無法揭曉的秘密。

在那個小村莊的傳說中，無面鬼的故事逐漸成為了一種警世寓言，提醒人們不要因為好奇而挑戰未知的禁忌。但對於那些已經親身經歷過的人來說，這不只是個故事。他們的生活已經被無形的恐懼所籠罩，他們知道有些東西是科學無法解釋的，有些東西是不應被打擾的。隨著時間的流逝，新一代的孩子在村莊長大，他們在夜晚聽到祖輩們講述關於無面鬼和魔鏡的故事。他們被告誡不要接近那片荒廢的村莊，不要觸摸任何可能在地上發光的碎片。但正如所有禁忌一樣，對於這些孩子來說，禁忌本身就是一種誘惑。

無面函

第五章

無面鬼（第二節）

有一天，一個名叫紫兒的勇敢小女孩，帶著一顆充滿好奇的心，偷偷地溜進了那個村莊。她在月光的照耀下找到了那棵老樹，發現了一塊仍然閃著光的鏡子碎片。紫兒伸出手，觸摸了那冰冷的表面，她的心跳加速，眼前的一切似乎開始旋轉。當紫兒再次清醒過來時，她發現自己躺在自己的床上，太陽的光線透過窗戶灑在她的臉上。她的手心裡緊握著那塊鏡子碎片，而她的臉上，鏡子碎片的冷感仍舊存在。從那以後，紫兒經常能在夢中看到那個無面的身影，它在夢里向她伸出手，彷彿在邀請她加入到另一個無法觸及的世界。

紫兒知道，她與那個已經不存在的村莊之間，現在有了一種無法解釋的聯繫。而那個無面鬼的故事，不再只是一個故事，而是她生命中的一部分，一個她無法擺脱的陰影。紫兒試圖向別人解釋她

無面鬼

的經歷，但無人相信她。他們認為那只是一個孩子豐富想像力的產物，或者只是夢境和現實之間模糊了界限的結果。但紫兒知道，那碎片和她的夢境中的無面鬼是多麼的真實。隨著紫兒的成長，她變得越來越孤僻。她避免與人深入交往，因為她害怕他們會看到她眼中的那個無面鬼。她的父母開始擔憂她的行為，但無論他們怎樣詢問，紫兒都不願意透露她的秘密。她知道，這個秘密是她獨自背負的重擔。

鏡子碎片

隨著時間的推移，紫兒變得對那塊鏡子碎片著迷。她發現，只有在觸摸它的時候，她才能感覺到一種奇異的平靜。她開始研究那個村莊的歷史，試圖找到一些線索，希望瞭解無面鬼的起源和她與自己之間的聯繫。她發現了關於那個美麗女子的故事，以及她如何因為沉迷於自己的倒影而失去了面孔。紫兒意識到，那女子的故事與她自己有著驚人的相似之處 - 兩人都被自己的影像所困，無法自拔。

紫兒決定，她必須結束這一切。她回到了那個村莊，站在了那棵老樹下，手裡緊握著那塊給她帶來無盡夢魘的鏡子碎片。她深吸了一口氣，閉上了眼睛，將碎片密封放進一個由鉛和其他金屬製成的小盒子中。然後，她在樹下挖了一個洞，將盒子埋了進去，試圖用土地的力量來封印那個不應存在於世的物品。當紫兒完成這一切後，她感到了一種古怪的寧靜。她站起身來，望著那片曾經恐懼的土地，突然間，她感到了一種解脫。她再也不是那個被詛咒的小女孩，而是一個可以自由呼吸、自由夢想的人。

古書的秘密

但故事並沒有就此結束。在那個村莊的夜晚，村民們偶爾會發

無面函

現，那棵老樹下的土地有微微的光芒透出，就像是有東西在下面沉睡，等待著正確的時機蘇醒。紫兒也感覺到了這一點，她意識到，儘管她採取了保護措施，但她不能永遠阻止那些力量。一天，紫兒收到了一封神秘的信件，上面寫著一串座標和一條簡短的信息：真相會讓你自由。她知道這與她的過去有關，與那個村莊有關。她決定再次面對她的恐懼，去揭開那層神秘的面紗。

紫兒跟隨著座標來到了一個偏遠的圖書館，那裡藏有關於古老宗教儀式和超自然現象的稀有文獻。在那裡，她發現了一本破舊的書籍，其中詳細記錄了一個古老的儀式，用於封印那些不屬於這個世界的實體。書中描述的封印方法需要一個純潔的心和無私的犧牲。紫兒意識到，她可能是唯一能夠結束這一切的人。她回到了村莊，站在那棵老樹下，開始了儀式。她念誦著古老的咒語，她的聲音在寂靜的夜空中回蕩。風開始呼嘯，天空中的雲聚集成一個漩渦，月亮的光芒變得更加明亮，照在紫兒的身上。

哀嚎

就在儀式接近尾聲時，紫兒感到了一股巨大的力量湧入她的身體，她的周圍充滿了無面鬼的低語和哀嚎。但她沒有停止，她繼續念誦，直到最後一個字從她嘴裡脫出。突然間，一切都安靜過來。那棵老樹下的光芒消失了，月光也恢復了平靜。紫兒感到一種前所未有的平和，她知道她成功了。無面鬼和那些恐怖的碎片被永遠地封印在地面之下。從那之後，紫兒再也沒有夢到過無面鬼。她的生活恢復正常，但她知道，那個村莊永遠是她生命中的一部分。她時不時會回去，站在那棵老樹下，提醒自己，真正的勇氣不是從未害怕，而是在面對深邃的恐懼時仍然能夠站立。

紫兒的故事在村莊中逐漸流傳開來，她被視為一個英雄，一個用自己純潔和堅強驅除了古老詛咒的人。但她從不誇耀自己的行為，她知道有些力量是人類應當尊重而非挑戰的。她的經歷教了她謙遜和對未知的敬畏。隨著時間的推移，紫兒成為了一名教師，專門教授關於民俗學和超自然現象的課程。她用自己的經歷來教育學生，告訴他們每個傳說背後都有其歷史和文化的意義，這些故事不僅是為了娛樂，更是作為一種文化遺產的傳承。紫兒偶爾會回到那個村莊，坐在那棵老樹下，閉上眼睛，聆聽風中似乎還殘留的低語。她知道那些聲音不再是威脅，而是過去的回音，提醒她永遠不要忘記那些曾經發生過的事。

每個人都有一個無面鬼

而那個村莊，也不再是一個被詛咒的地方。隨著無面鬼的故事被封存於過去，新的生活在這裡萌芽。人們來到這裡，建立了新家園，但他們仍然尊重那棵老樹，以及紫兒所做的一切。他們在樹下放置了一塊石板，上面刻著紫兒的名字和一行字：在勇氣與純潔之光下，黑暗將永遠退散。

無面鬼

這樣，紫兒不只是解放了自己，她也解放了那個村莊，使之成為了希望和新生的象徵。而她的故事，就像那些古老的傳說一樣，將會被一代又一代人所傳唱，提醒著人們，在這個世界的陰暗角落中，總有光明的力量在守護著我們。

隨著紫兒的故事廣為流傳，那片土地也開始吸引了不同的人們：學者、尋根者、甚至是那些尋找靈感的藝術家。他們都來到這裡，想要親眼見證那棵見證了無面鬼傳說的老樹，想要感受那塊刻著紫兒名字的石板所散發出的歷史感。但紫兒，她從不因此而自滿。她知道，真正的平靜來自於內心的和諧，而非外界的認可。她繼續她的教學工作，每當有學生問起那段經歷，她總是謙虛地回答，強調每個人內心都有一個無面鬼，它代表著我們的恐懼和未知。我們不能逃避，只能面對它、理解它，最終將其化為我們力量的一部分。

無面鬼

傳承

年復一年，紫兒看著那些曾經恐懼的孩子們長大成人，她的故事激勵著他們去追尋自己的夢想，去面對生活中的困難與挑戰。而那個村莊，也從一個被遺忘的角落，變成了一個有著特殊意義的地方。紫兒偶爾也會接到來自世界各地的信件，裡面有人分享著自己如何克服困難，或是如何在艱難時期中找到了紫兒故事的慰藉。這些信件成為了紫兒的寶貴財富，提醒著她，即使最微小的行為，也能在別人的生命中留下深刻的印記。

而在每年的特定夜晚，紫兒還是會獨自一人回到那棵老樹下，她會默默地感謝那個曾經帶給她無盡恐懼，卻又賦予她勇氣和力量的無面鬼。在星光下，她會輕聲地說：「無論你現在身在何處，願你也能找到你的平靜。」紫兒的故事，就像那片土地上的每一株花草，經歷了風霜，卻依然堅韌生長，成為了過往歲月的見證。她的話語，輕柔而堅定，隨風飄散到夜空中，彷彿真的能夠傳達到另一個世界。

永遠的傳說

隨後，紫兒會燃點一束小小的火光，象徵著光明與希望。火光在夜中閃爍，它不僅驅散了黑暗，也溫暖了每一顆因恐懼而顫抖的心。這成了一個年度的儀式，村裡的孩子們也會跟著她一起來，他們學會了尊重過去，並從紫兒的故事中汲取力量。隨著時間的推移，紫兒逐漸變老，但她的精神和她的故事卻與日俱增地在人們心中生根發芽。當她走在村莊的小路上，總能看到那些曾經聽過她故事的孩子們對她投來的敬仰的眼神。她知道，她的生活已經超越了她自己的存在，成為了一種永恆。

最終，紫兒在一個安靜的夜晚離開了這個世界，她的離開就像她生活的方式一樣－平靜而有尊嚴。她沒有留下遺憾，因為她知道，她已經完成了她的使命，她的故事將繼續在那些記得她的人心中傳唱。紫兒離世後的第一個夜晚，整個村莊的人都聚集在那棵老樹下，他們點燃了許多小火，每一個火光都代表著一個故事，一個生命，一份記憶。他們輕聲說著紫兒的名字，感謝她曾經帶給他們的勇氣和啟示。而在那一夜，許多人說曾經看到一個溫柔的身影在火光間穿梭，她的臉上沒有特徵，卻充滿了慈愛。沒有人感到害怕，因為他們知道，那是紫兒，她在最後一次巡視她深愛的村莊，確保每個人都被那份傳承下來的勇氣和希望所守護。

精神長存

在那之後，每年的這一天，村莊的人都會聚集在老樹下，紀念紫兒的事跡，慶祝她的生命。他們會講述各自的故事，分享如何在困難中找到勇氣，如何在黑暗中尋找光明。紫兒的傳說，就這樣在村莊裡一代代傳承下去，成為了一種力量，激勵著每一個人堅強地活下去。村莊也逐漸發生了變化。那棵老樹成為了一個象徵，人們在它周圍種植了更多的樹木，建立了一個紀念公園。紫兒的故事在公園的入口處刻在一塊大石頭上，提醒著每一個路過的旅人和新一代的孩子們：即使在最絕望的時刻，也有可能找到轉機。

紫兒的墓地就在老樹的附近，簡樸而莊重。墓碑上沒有華麗的裝飾，只有一行簡單的文字：在這裡安息的是一個英雄，她的勇氣永存於我們心中。每當人們走過，都會停下來，默默地向她致敬。而在這個村莊的夜晚，星星似乎比其他地方更明亮，月亮也更溫柔。

人們相信，那是因為紫兒的精神在天空中閃耀，就像她生前一樣，用她的光芒照亮了每一個需要幫助的靈魂。紫兒雖然不在了，但她的精神永遠活在那些記得她的人心中。她的故事，就如同那些古老的傳說，跨越時間和空間，成為了一種永恆的存在。每當恐懼

無面鬼

和絕望降臨時，人們會想起紫兒，想起那個勇敢面對無面鬼的女孩，她教會了人們，最真實的勇氣，是面對自己的恐懼，不屈不撓，直到最後。

後記

在村莊的夜空下，如果你靜靜地傾聽，你或許能聽到一陣微弱的低語，那是紫兒的聲音，她在告訴每一個人：「不要害怕黑暗，因為光明總會到來。」

第六章

王大錘

第六章
王大錘（第一節）

在一個風雨的夜晚，一個名叫王大錘的旅行者踏入了一個被傳聞為鬼屋的古老旅館。旅館外面掛著一塊斑駁的木牌，上面用紅漆寫著「翠綠山莊」，但那紅漆剝落得厲害，看起來更像是「血滴山崗」。

王大錘一邊嘴裡嘟囔著「這名字也太俗氣了吧」，一邊敲了敲門。門「吱呀」一聲自己開了，但裡面卻黑乎乎的一片。他摸出手機，打開手電筒功能，只見一隻黑貓從他腳邊擦過，尾巴在他的手電筒光下閃過一絲奇異的綠光。王大錘心裡嘀咕：「這是哪來的特效？也太低成本了吧？」不過他還是決定進去探個究竟。

旅館的大廳裡掛滿了各種古怪的畫，有的畫面是扭曲的人臉，有的則是奇形怪狀的抽象圖案，但無一例外的是，這些畫的眼睛似

王大錘

乎都在跟著他動。

「這裝飾風格真是獨特啊……」王大錘自言自語。

他走到櫃台前，發現櫃台後面竟然躺著一個老闆娘模樣的人，但她的皮膚慘白，嘴角還挂著一絲詭異的微笑。王大錘本能地想要逃跑，但他又想到自己是一個科學信仰者，不應該相信鬼怪之説，於是鼓起勇氣喚了一聲：「老闆娘？」那人突然瞪大了眼睛，手裡拿著一把掃帚跳出來，嚇得王大錘差點手機都扔了。「啊！你這人怎麼進來的？我這裡可是要關門了！」老闆娘一邊説一邊用掃帚指著門外。王大錘趕緊解釋説自己是個旅行者，四處流浪，外面的風雨越來越大，王大錘勉強笑了笑，希望能留宿一晚，外面的風聲像是鬼哭狼嚎，他實在不想在這種天氣裡露宿。老闆娘眼神掃過王大錘濕淋淋的外套，嘆了口氣：「好吧，看在這鬼天氣的份上，我讓你留下來。但是！你得自己保證，半夜不准亂走動，這旅館可有規矩，不是什麼人都能隨便走來走去的。」王大錘點了點頭，心想這老闆娘還真是迷信。

畫中人

他跟著老闆娘來到一個房間，老闆娘給他一把鑰匙，然後神秘兮兮地說：「這間房間很久沒人住了，但你別怕，傳說中的鬼故事都是騙人的。」王大錘接過鑰匙，心裡半信半疑，但還是進了房間。房間裡陳設古樸，一切看起來都很正常，除了一面牆上掛著一幅畫，畫中是一位美麗的女子，她的眼神似乎隨著他的移動而動，讓人感到有些不寒而慄。王大錘不以為意，決定先洗個澡再睡覺。他走進浴室，開啟水龍頭的那一刻，卻聽到了一個女子的歌聲，歌聲從哪裡來卻說不上來，旋律優美卻又帶著一絲淒涼。他擦了擦鏡子上的水蒸氣，突然發現鏡子裡不是自己的倒影，而是那幅畫中女子的臉。王大錘轉身一看，畫依然掛在牆上，女子安靜地看著他。他轉回頭，鏡子裡又是他自己的臉了。王大錘心想，這旅館的特效真不錯，下次可以推薦給朋友來體驗一下。

洗完澡後，王大錘躺在床上，房間裡除了風聲和雨聲，還有樓下老闆娘不時的咳嗽聲。他想，這老闆娘可能年紀大了，身體也不是很好。正當他準備進入夢鄉之際，忽然床頭的老式電話鈴聲響起，王大錘被驚得從床上彈了起來。他摸索著接起電話：「喂？」

靈體尋求幫助

「你……你沒看見我嗎？」從電話那裡傳來一把帶著嗚咽的女子聲音。王大錘愣了一下：「看見誰？這是什麼玩笑啊？」他心想可能是老闆娘在開玩笑，想嚇唬他。「我就在你的眼前啊……」那女子聲音哽咽，伴隨著一絲不易察覺的絕望。他環顧四周，房間裡除了自己，並沒有其他人。他露出一絲困惑的笑聲：「好了，好了，

王大錘

玩笑開大了。我要睡覺了，你也早點休息吧。」

掛斷電話後，房間又恢復了靜寂。王大錘想，這旅館的員工真會找樂子，不過他也不是那麼容易被嚇到的人。就在他蓋好被子，閉上眼睛準備再次入睡時，一陣冷風吹過，窗戶「嘎吱」一聲自己打開了。他愣了一下，心想，不是吧，這次是真的風太大了。於是起身關上窗戶，但他剛一轉身，就看到那幅畫的女子不見了，畫框空空如也。「這特效也太逼真了吧！」

王大錘開始有點佩服起這旅館的佈置，他決定不再理會這些奇怪的現象，關好窗戶後又躺回床上。就在他剛閉上眼，準備睡覺時，床尾傳來了輕微的聲響，好像有什麼東西正慢慢爬上床。王大錘猛地睜開眼，只見那幅畫中的女子正蹲在他的床尾，那雙原本應該只存在於畫中的眼睛，此刻正盯著他看。王大錘瞬間嚇得說不出話來，他的心跳得像是要跳出胸膛一樣。

王大錘

與女靈體對話

不過，他很快就意識到這一切可能只是自己的幻覺，畢竟他是個科學信仰者，不會輕易相信有鬼神之說。「這一定是因為我太累了，開始產生幻覺了。」王大錘對自己說，他深吸一口氣，閉上眼睛，強迫自己冷靜下來。但當他再次睜開眼睛時，那女子已經不在床尾了。他四處張望，卻在房間的一個角落裡看到那女子靜靜地站著，她的臉色蒼白，眼中流露出深深的悲傷。

「你……你究竟是誰？」王大錘的聲音都在顫抖。女子的嘴角勉強揚起一個淒美的微笑：「我是這旅館的前任老闆娘，多年前在這裡發生了一件事情……」王大錘瞪大了眼睛，他突然回想起剛才老闆娘提到的「這間房很久沒人住了」。他現在才意識到，自己可能真的遇到了不尋常的事情。

「你……你不會是……」他不敢說出那個字。女子點了點頭：

「是的，我已經離開人世多年了。但我被困在這裡，無法離開，因為還有未了的心願。」王大錘心中一緊，但他仍保持著理智：

「那……你的心願是什麼？」

女子走近了一點，王大錘能感覺到一股寒氣：「我生前最愛的畫作遺失了，那是我丈夫畫給我的肖像，我不能安息，除非找到那幅畫。」

「那幅畫……不就是掛在牆上的那一個嗎？」王大錘指向空蕩蕩的畫框。

解開謎團

女子搖了搖頭：「那只是其中的一部分，真正的畫作被一個不

王大鍾

肖的親戚拿走了，我需要你的幫助，幫我找回那幅畫。」王大鍾此時已經徹底相信了女子的話，他點了點頭說：「好吧，我會幫你的。但你得告訴我那幅畫在哪裡。」女子的臉上露出了一絲感激的微笑：「我感到它就在這座建築物內的某個隱蔽之處，但我無法離開這個房間，也就無法親自尋找。」

王大鍾點了點頭，心裡雖然有點害怕，但他的好奇心驅使他想解開這個謎團。他站起來，決心幫這個可憐的女靈體找回她的畫。他開始在旅館的每個角落尋找，從閣樓的舊書堆到地下室的酒桶後面。時間一分一秒過去，外面的風雨也漸漸平息。就在他幾乎要放棄的時候，他注意到大廳裡那些怪異畫作的眼睛似乎都在指向同一個方向，即某個壁爐的左側面。

解脱

王大錘走過去，用手摸索著壁爐的石壁，終於在一塊石板後面發現了一個小小的凹槽。他用力按下去，凹槽彈開，露出了一個隱藏的小空間，而在那裡，正放著那幅失落已久的畫。畫中女子的眼神比他在房間裡看到的更加柔和，似乎因為即將重獲自由而感到欣慰。王大錘小心翼翼地拿起畫，回到了那個房間。

「我找到了你的畫。」他對著空無一人的房間說。就在這時，他感到一股溫暖的風吹過，那幅畫中的女子微笑著，然後她的形象逐漸從畫中消失，留下了一幅普通的風景畫。王大錘明白，女子的靈魂終於得到了解脱。他感到一絲莫名的悲哀，但也為她感到高興。從那以後，旅館再也沒有發生過任何怪事，而王大錘的故事也在旅行者之間流傳開來。他們說，王大錘是個英雄，敢於面對超自然的現象，幫助一個困苦的靈魂找到了安息。而那個房間，也成了旅館

王大錘

中最受歡迎的房間之一，人們都希望能夠親眼看到那幅神奇的畫，

但這故事還沒有結束……

第六章
王大錘（第二節）

有一天，一個神秘的旅客來到了旅館。他穿著一身古老的服裝，帶著一副深沉的眼鏡，自稱是個收藏家。他向老闆娘詢問那幅畫的事情，說他願意出一個好價錢購買它。老闆娘本來就對那幅畫的來歷感到好奇，加上王大錘的故事，她決定將畫賣給這個神秘的收藏家。交易完成後，收藏家帶著滿意的微笑離開了。

然而，就在這名神秘收藏家離開的次日，旅館的客人們開始報告說，他們在夜裡聽到了女子的哭泣聲，有時甚至能看到一個蒼白的身影在走廊的盡頭徘徊。老闆娘感到一陣寒意，趕緊聯繫王大錘。王大錘聽說後，立刻趕了過來。他們一同前往那名收藏家所提供的地址，但發現那裡只是一片空地，根本沒有人住，只留下收藏那幅畫作的盒子。王大錘和老闆娘意識到，他們可能被騙了。那名神秘的收藏家，以及他對那幅畫的興趣，全都是個謎。

展開奇妙旅程

他們回到旅館，把那盒子打開，取而代之的，是一張古老的地圖，上面標記著一個遙遠的地點。王大錘和老闆娘相視一眼，他們知道這是他們的下一個冒險。也許那幅畫的秘密比他們想像的還要深遠，也許那神秘的收藏家和失踪的畫作藏著更大的秘密。於是，王大錘和老闆娘決定追尋這個新的線索。他們收拾行李，準備踏上一段未知的旅程。在出發前，他們將地圖上的地點告訴了幾位信任的朋友，以防萬一。旅途中，兩人經歷了各種奇怪的事件……

他們在一個荒廢的村莊遇到了一位自稱能通靈的老婆婆，她告訴他們，那幅畫實際上是一個封印，困住了一股古老的力量。而那名神秘的收藏家，可能是想要解開封印，釋放那股力量。這讓王大錘和老闆娘更加堅定了找回畫作的決心。他們按照地圖上的指示，穿過森林，越過山丘，最終來到了一個被遺忘的城堡。城堡古老而陰森，四周籠罩著一種說不出的壓抑氣氛。

失蹤

王大錘和老闆娘進入城堡，發現裡面佈滿了蜘蛛網和塵埃。他們小心翼翼地尋找著，最終在一個隱蔽的地下室裡找到了那幅畫。畫似乎被一個神秘的力量籠罩著，周圍的空氣中充滿了電流般的嗡嗡聲。王大錘小心地將畫取下，他和老闆娘迅速離開了城堡。但就在他們走出城堡的那一刻，天空突然變暗，一股強大的力量似乎在他們身後甦醒。他們回到旅館，將畫放回原來的位置，一切似乎都恢復了平靜，但王大錘和老闆娘知道，他們可能剛剛阻止了一場災難。

王大錘

自那以後，旅館再也沒有發生過任何詭異的事情。王大錘的故事成為了一段傳奇，而那幅畫也被視為旅館的護身符，保護著這裡的每一位旅客。至於那名神秘的收藏家，從此之後就再也沒有出現過。有人說他可能是一個尋求超自然力量的巫師，也有人猜測他是一個對古董有著異常執著的收藏家。不過，不管他真正的身份是什麼，他留下的謎團和那幅神秘畫作的秘密，都成了旅館的一部分歷史。

王大錘和老闆娘偶爾還會在夜深人靜時，回想起那段奇異的冒險，他們會對視一笑，心中充滿了對未知世界的敬畏與奇妙的滿足感。他們明白，有些事情，人們是永遠無法完全解釋清楚的。旅館的生意因為這段傳奇故事變得更加興隆，成為了尋求刺激和冒險的旅人們必到之地。而那幅畫，就像是一個永久的守護者，靜靜地掛在牆上，用它的存在提醒著人們，這世界上，確實有一些事物是科學無法解釋的。

成為旅遊熱點

這個鬼故事，就像所有好的鬼故事一樣，結束於一個開放的結局，留給大家無限的想象空間。而王大錘，這個不信鬼神卻又經歷了超自然事件的人，也在他之後的旅行中，變得更加開放和尊重那些無法用言語表達的神秘事物。隨著時間的流逝，王大錘的名字和他的故事在周邊地區傳得越來越廣。不久，他不再只是一個普通的旅行者，而是成了那些喜愛神秘和探險故事的英雄人物。

旅館的老闆娘也因為這個故事而獲得了意想不到的名聲。她的旅館被冠以「靈畫旅館」的新名字，成為了一處著名的旅遊亮點。好奇的遊客們來到這裡，希望能夠親自感受一下那股神秘的氛圍，甚至有人希望能夠親眼目睹那幅畫作的奇異之處。而王大錘，他的冒險精神並沒有因為這次事件而停止。他繼續他的旅程，每到一處，他都會分享自己的故事，同時也在尋找新的冒險。他漸漸地成了一名傳奇探險家，他的故事激勵著人們去探索未知，去經歷自己的冒險。

守護著旅館

老闆娘和王大錘偶爾還會通信，分享彼此的新發現和經歷。老闆娘會告訴他，關於那幅畫和神秘收藏家的謎團仍然是客人們熱議的話題。而王大錘則會講述他在遙遠地方的新奇遭遇。故事在這裡告一段落，但它的魅力卻永遠流傳。每個聽過這個故事的人，心中都會種下一顆冒險的種子，期待著有一天自己也能成為像王大錘那樣的探險家，去發現生活中的未知與奧秘。而旅館的那幅畫，就這樣靜靜地掛著，它不僅是一段歷史的見證，也是一個提醒，在這個科學和理性的時代，仍有一些事物是我們無法完全理解的，這正是生活賦予我們的神秘與奇蹟。隨著時間的流逝，旅館的故事像老葡萄酒一樣，愈發醇厚，吸引了各路記者和靈異愛好者來此探險，希望能夠揭開更多的秘密。老闆娘有時會對著這些好奇的靈探者笑說：「你們要是能找到那個收藏家，或許還能問出更多的故事呢！」

王大錘，這位不經意間成為民間傳奇的主角，也開始發現自己在這些故事中扮演的角色超出了他最初的想像。每當夜深人靜，他會回想起那幽暗的旅館走廊，那幅畫中女子悲傷的眼神，和那神秘收藏家的謎樣身影。他開始意識到，這些經歷不僅改變了他的生活，也在某種程度上改變了他對世界的理解。

重回舊地

這一天，王大錘再次回到翠綠山莊。老闆娘已經是白髮蒼蒼，但見到王大錘，她的眼睛依然閃爍著年輕時的光芒。她告訴王大錘，有些遊客在夜晚仍能聽到女子的歌聲，有時還有人看到女子的身影在月光下輕盈地舞動。王大錘聽後，只是微微一笑，他知道有些事情，或許永遠都無法完全解釋。他決定再次留在這個充滿回憶的地

王大錘

方，這一次，不再是為了解開謎團，而是為了享受這些未解之謎帶來的無盡遐想。夜深了，王大錘獨自走到那幅畫前，凝視著那如同活人一般的眼睛。他輕聲說：「無論你是誰，你的故事已經成為了這裡的一部分。也許，你就像這幅畫一樣，永遠懸掛在這裡，提醒著我們，世界並不只是我們所見的那樣。」

從那之後，王大錘常年居住在翠綠山莊，他成為了那裡的一個常客，有時候，他會給來訪的旅行者講述那些古老故事，講述以往老闆娘如何運用她的智慧和勇氣守護著這片土地，講述那幅神秘畫作背後的愛情和遺憾。而每當提到那位神秘的收藏家和畫中的女子，王大錘總是帶著深沉的目光，好像他的心裡，依然存著一絲難以釋懷的秘密。隨著他的故事越傳越廣，越來越多的人被這份神秘所吸引，他們當中的一些人也開始在這裡定居，將這個曾經孤單的旅館變成了一個充滿活力的小社區。他們修繕了老舊的建築，種上了花草，甚至開始了自己的小生意，賣著手工藝品和當地的特產。

第六章

王大錘（第三節）

每當夜晚來臨，王大錘總會獨自走到旅館的屋頂，望著星空沉思。在這片安靜的夜空下，他感覺自己與那些古老的靈魂們更近了一些。他們似乎在星光下低語，告訴他關於宇宙的祕密，關於生命的意義，以及關於愛與失去的故事。旅館的生意變得比以往任何時候都要好，但對於王大錘來說，這裡不僅僅是一個旅館，它是一個充滿奇跡和魔法的地方，是他靈魂的棲息之地。他知道，即使他的身體最終會消逝，但他的故事、他的冒險，以及他對這個世界的熱愛，將會在這裡永遠流傳下去。於是，王大錘在翠綠山莊中度過了他餘生的日子，成為了這個地方的傳說，就像那幅畫、那位老闆娘，以及那些他曾經幫助的靈魂一樣，成為了這片土地上永恆的記憶。

而翠綠山莊，也不再是一個普通的旅館，它成了一個傳奇故事

王大鍾

的發源地，一個夢想和靈異交織的聖地，每一個角落都充滿了未知和可能。隨著時間的流逝，王大鍾成了老人，他的頭髮如同山莊的古瓦一樣銀白。但他的眼神仍然閃爍著年輕時候的好奇與熱情。他經常坐在旅館的門廊上，一邊搖著搖椅，一邊向新來的客人講述他年輕時的冒險故事。

收藏家之謎

後來，一位年輕的旅行家帶著一本破舊的日記來到了翠綠山莊。那本日記記載了關於一位收藏家的故事，那正是多年前神秘失蹤的那位。原來，收藏家在世界各地尋找著那些富有靈性的藝術品，希望透過它們來尋找生命的真諦。日記的最後一頁，留下了一個線索，指向了遙遠的東方，那裡藏著一個古老的秘密，可能與翠綠山莊的畫作有關，而年輕的旅行者就希望王大鍾能夠給他一些指點。

王大錘聆聽著，眼中閃過一絲深思。他告訴年輕人，真正的旅行從來不只是尋找地圖上的地點，而是一場內心的探索。他鼓勵年輕人去追尋那個秘密，但同時也要保持對世界的敬畏與愛。於是，年輕的旅行者帶著王大錘的祝福，踏上了尋找古老秘密的旅程。而王大錘則繼續他的日常，在翠綠山莊中迎接各路遊子，分享他的故事和智慧。王大錘最終在翠綠山莊安詳地離世，他的故事成為了傳說，傳說成為了神話。而翠綠山莊，就像他一生所追求的那些未解之謎一樣，永遠具有無形的吸引力，像山莊中那永不熄滅的燈火，給予人們希望和方向。

不被遺忘的經歷

隨著時間的流逝，翠綠山莊也進行了一些現代化的改造，但所有的改變都極力保留了那份古老的氣息和王大錘精神的痕跡。房間裡的家具依然保留著那個時代的風格，牆上的裝飾也流露著過去的

王大錘

歷史。新來的客人們可以在這裡找到一種與世隔絕的寧靜，可以在閱讀王大錘冒險故事的同時，也體驗他當年的旅途。老闆娘雖然年事已高，但她依然堅持每天親自管理旅館，並親自迎接每一位旅客。她會向他們展示王大錘的房間，講述那些經典的冒險故事，並且分享一些至今仍然未解的謎團。

王大錘的房間成了一個小型博物館，吸引了無數對靈異故事感興趣的遊客。而在某些特別的夜晚，老闆娘會在旅館的小酒吧裡，舉辦故事分享會。火光在壁爐中跳躍，遊客們圍坐在一起，聆聽著關於王大錘的傳說。有時，他們甚至會發現自己正在與一位神秘的陌生人交談，而當他們後來詢問老闆娘那位陌生人的身份時，老闆娘總是微笑著搖頭，說沒有這個人入住。這樣的晚上，當風在窗外呻吟，當故事在心中燃燒，王大錘的精神便在每個人的心中重燃。他們會有一種感覺，好像王大錘從未離開過，他的冒險精神仍然在這些故事和山莊的每塊磚瓦中生息。

傳承經典故事

翠綠山莊的故事被講述了一遍又一遍，每次講述，都好像有新的細節被添加進去，使得故事更加豐富，也更加神秘。老闆娘有時會點上一根蠟燭，帶領著勇敢的遊客去參觀那些最古老的房間。這些夜間的旅行總能讓人的想像力飛到最高點，甚至有些人認為他們會看到了畫中女子的身影。

隨著老闆娘的年紀越來越大，翠綠山莊的管理工作逐漸交給了一位年輕的侄女。她不僅繼承了老闆娘對旅館的熱愛，也繼承了對王大錘故事的尊重。她決定對旅館進行一些現代化改造，以便更好地迎接來自世界各地的遊客。她引入了現代的便利設施，同時保存了旅館的古色古香。她還創建了一個網站，專門記錄旅館的歷史和王大錘的故事，讓更多的人能夠透過網絡了解這個神秘的地方。翠綠山莊很快就在網上走紅，成為了一個受到年輕一代歡迎的旅遊聖地。但無論翠綠山莊如何變化，王大錘的房間始終保持原貌，成為了一個向過去致敬的聖地。無數的遊客來到這裡，不僅為了和過去的連接，也為了尋找屬於自己的冒險。

後記

老闆娘終於在一個安靜的夜晚去世，她的侄女繼承了她的遺志，繼續經營著翠綠山莊。她常常對著新來的客人說：「每一個人的生命中都有一個故事，而某些故事有著神奇的力量，能夠穿越時間和空間，激勵著我們每一個人。」

王大錘

第七章

宅

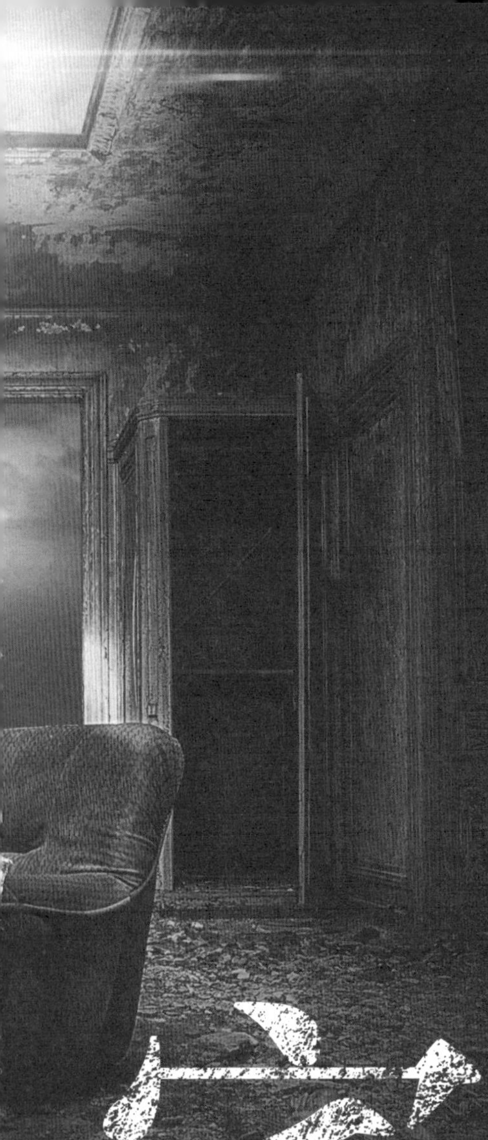

老

第七章

老宅（第一節）

在遠離繁華都市的一個古老小鎮，有一棟很久沒人居住的老宅，它矗立在鎮邊的小山丘上，外牆剝落，窗戶破碎，仿佛隨時會被風雨吞噬。小鎮的居民都知道，那棟房子有著不可告人的秘密，但沒人敢於深究，甚至連那條上山的路都荒廢了。

傳說，在很久以前，那裡住著一個孤僻的老婦人。她的丈夫在戰爭中去世，獨自一人生活，村民很少見到她出門，她似乎總是在忙於一些奇怪的儀式。後來，老婦人突然消失了，沒有人知道她去了哪裡，也沒有人敢去她的房子尋找答案。自從那時起，每當夜深人靜，總有人聲稱從老宅傳來奇怪的聲音，低低的哭泣聲和哀嚎，就像是某種儀式在進行中。

老宅

一個雨夜，一個受好奇心驅使的年輕人決定探索那棟老宅。他帶著手電筒和一張老舊的地圖，摸黑上了山。當他走進那棟老宅的時候，一陣陰冷的風吹過，所有的門突然自行關閉，將他困在裡面。他開始在房子內探索，每個房間都佈滿厚厚的灰塵和蛛網，家具都被奇怪的黑色佈料覆蓋。在探索過程中，他偶然發現了一個隱藏的地下室入口。他下了樓梯，發現裡面陳設著一個巨大的祭壇，上面放著各種各樣的符咒和乾枯的植物。

二樓的老靈體

牆壁上掛著老婦人的畫像，雙眼空洞，似乎在凝視著進入者的靈魂。突然，一個幽幽的女聲在他耳邊響起，他轉過身，卻什麼也沒有看到。他的手電筒開始閃著，光芒越來越微弱，直到完全熄滅，他已被黑暗吞噬。年輕人的心跳急劇加速，他試圖回到地下室的入口，但在觸摸到冰冷的牆壁時，突然感到一隻手在他肩上輕輕一拍。

他猛地轉身，卻只見到一片漆黑。空氣中充滿了老婦人生前使用的草藥和香料的怪異氣味。他感到周圍的空氣變得濃稠，呼吸變得困難。驚慌失措中，他終於找到了回地面的樓梯，拼命地向上跑去。

當他回到一樓，房子內部的氣氛似乎有所變化。原本佈滿灰塵的家具不再是覆蓋著黑布，而變得奇異地整潔，就像有人剛剛使用過它們一樣。他聽到了樓上輕微的腳步聲，那是輕快而有節奏的跳舞步伐。隨著腳步聲接近，他突然聽到一首古老的搖籃曲，旋律既悅耳又令人不寒而慄。當抬頭望向樓梯，他看到一個身穿古舊禮服的女性影子，在樓梯上舞動著，然後消失在走廊的黑暗中。

他知道那是老婦人的幻影，但他的腦海裡充滿著一個不可抗拒的念頭：跟隨她。他跟著這幽靈般的身影來到了二樓，那裡的房門都開著，裡面是一片混亂，牆壁上滿是刮痕和不明液體的污跡。每當他試圖進入一間房間，伴隨著一聲尖銳的叫聲，門突然關上。最

老宅

終，他被牽引到一個封閉的閣樓，閣樓上堆滿了古老的書籍和奇怪的文物。

詭異的微笑

在房間的中央，有一個古老的搖椅，它在搖晃著，並發出令人毛骨悚然的吱嘎聲。年輕人的心跳在耳邊轟鳴，每一次心跳都似乎在提醒他，他不應該來到這裡。閣樓上的空氣靜得出奇，只有那張搖椅發出的吱嘎聲打破沉默，似乎在迎接他的到來。他試圖向後退，但一股無形的力量似乎在推動他向前。房間的角落堆滿了古舊的娃娃和破損的玩具，它們的眼睛在微弱的月光下閃爍著不祥的光芒。就在這時，搖椅突然停止搖晃，一切又再次陷入死寂。

年輕人感到一股寒氣從背後襲來，他轉過身，但什麼也沒有。他的目光又回到了搖椅上，驚恐地發現搖椅上坐著老婦人的幽靈，她的臉色蒼白，眼睛空洞，但她的嘴角卻掛著一絲詭異的微笑。

「你來了。」老婦人的聲音幽幽傳來，但她的嘴唇卻沒有動。年輕人感到一陣眩暈，他的腦海中充滿了老婦人的回憶：孤單的日子，失去愛人的痛苦，被村民排斥和誤解的恐懼。她的悲哀與絕望彷彿成了一股力量，將他固定在原地。

突然人間蒸發

「我只是想要一個朋友。」老婦人的聲音再次響起，這次似乎帶著一絲悲泣。年輕人試圖説話，但發現自己無法發出聲音，亦感到自己的意志開始模糊，他的恐懼和同情開始交織，老婦人的幽靈慢慢站起身來，其身影也逐漸變得透明。「不要離開我……」老婦人的聲音越來越弱，隨著她的身影完全消散，閣樓上的一切又平靜過來。

老宅

年輕人突然能夠動彈了，於是他逃下閣樓，穿過房子，沒有回頭，直到他跌跌撞撞地衝出那扇破舊的前門，跌入了外面的泥土中。濕冷的泥土和雨水混合的氣息讓他回到了現實，但他的心仍舊在猛烈地跳動，就像要逃脫他胸腔的囚籠。年輕人抬頭望向那棟老宅，只見月光下，它更加陰森可怖。他的心中充滿了疑問，「那老婦人的幽靈是真的想要一個朋友？還是只是想要一個永遠陪伴她的靈魂？」他不敢再多想，害怕自己的理智會被那些超自然的力量再次侵蝕。

心結

年輕人回到了小鎮，但他從此變了另一個人。他變得沉默寡言，經常獨自一人凝視遠方，彷彿心緒不寧。當地的居民對他的改變議論紛紛，但沒有人敢問他在老宅裡究竟看到了什麼，也沒有人敢再提起那棟房子。小鎮上的人開始注意到，每當夜幕降臨，老宅的窗戶會隱約透出光亮，就像有人在裡面點燃了蠟燭。而在風雨交加的夜晚，有時還能夠聽到從山上傳來的搖籃曲，那首曲子旋律悠揚而又帶著無盡的哀愁。

年輕人偶爾會被發現站在小山丘的底部，遠遠地望著那棟老宅，眼神中充滿了難以言說的情感。有人說，他在等待一個機會，等待一個能夠再次進入老宅，並揭開所有謎團的機會。但同時，他也害怕那個真相，害怕自己最終會成為那個老婦人永遠的陪伴者。於是，老宅和它的秘密繼續籠罩在小鎮上空，成為一個未解的謎，一個深埋在每個人心底的恐懼，一個在黑夜中永遠不會被遺忘的故事。隨著時間的流逝，年輕人的身影越來越少出現在小鎮上。有人說他被瘋狂吞噬，有人說他遠走他鄉試圖忘卻那恐怖的夜晚。但無論如何，他的故事成了小鎮上流傳的故事，提醒著人們不要接近那棟詭異的老宅。

老宅

少年人以身犯險

某年的一個風雨交加的夜晚，一個不知情的旅人來到了小鎮。他在酒館聽到了關於老宅的故事，出於好奇，決定去探個究竟。居民們試圖勸阻他，但旅人已經下定決心，他堅信自己不會像那個年輕人一樣輕易被嚇跑。他帶著一盞油燈和一本筆記本，準備記錄下這個探險的經歷。到達老宅時，風雨似乎更加猛烈了，雷聲和閃電交織在一起，為這棟房子烘托出一種超自然的氛圍。

旅人推開門，走進了這棟充滿謎團的房子。他的油燈在風中搖晃，投射出搖曳的影子。他經過了那張破舊的搖椅，走進了那個充滿了娃娃和玩具的房間。當他看到這些玩具時，感到了一絲不安，但他並沒有停下腳步。他繼續上了閣樓，找到了那本放在祭壇上的古老書籍。書的頁面上記錄著一些古老的咒語和儀式，邊上還有一些難以辨認的手寫筆記。

代價

就在這時，房子似乎開始對旅人作出了回應。搖椅開始自行搖晃，娃娃的眼睛閃爍著光芒，樓下的音樂盒不自主地開始播放。旅人感到一股冷風吹過，接著是一個輕柔的女聲在他耳邊低語：「你找到了它。」他轉過頭，卻只見到一片漆黑。油燈的火苗在風中跳動，似乎隨時都會被吹熄。旅人的心跳加速，他知道這不僅是風的作用，這裡有某種超自然的力量在起作用。

「誰在那裡？」旅人試著堅定地問道，但沒有回答，只有樓下音樂盒的旋律變得更加高昂，伴隨著窗外雷聲的轟鳴。旅人深吸了一口氣，試圖減低自己的恐懼，他決定探索閣樓的其他部分。他穿過堆滿古書的房間，每一步都似乎讓地板吱嘎作響。書架上的書籍似乎記錄著這個家族的歷史，以及某些黑暗的家族秘密。他的目光落在一本日記上，那是老婦人的日記。頁面上記錄著她對丈夫的懷

老宅

念，對孤獨的恐懼，以及她如何透過禁忌的儀式試圖與已逝的愛人聯繫。旅人無法抗拒深入閱讀，日記中的文字變得越來越混亂，越來越充滿絕望。而最後幾頁，字跡變得激烈而顫抖，描述了一個最後的儀式，一個需要靈魂作為代價的儀式。日記的最後一句話是：

我不再孤單了。

第七章
老宅（第二節）

就在這時，旅人感到一陣震動，整個房子似乎都在回應這本日記的最後一句話。樓下的音樂突然停止，取而代之的是一陣陰冷的笑聲，從房子的每一個角落裡傳來，包圍著旅人。他意識到自己必須立刻離開。他將日記匆匆合上，放回書架，轉身向閣樓的樓梯跑去。但當他抵達樓梯口時，他發現樓梯已經不見了，取而代之的是一堵無窮無盡的黑暗牆壁。

神秘通道

他轉過身，只見到老婦人的幽靈站在房間的另一端，她的臉上依然掛著那詭異的微笑。她的手指輕輕地指向旅人，就像在召喚他一般。旅人的心中充滿了恐慌，他開始在房間內四處亂撞，尋找逃

老宅

生的出口。「放我離開！」旅人的聲音在老宅內回蕩，但老婦人的幽靈只是靜靜地看著他，然後緩緩地向他漂移過來。

突然，一道閃電照亮了整個房間，隨之而來的雷聲震耳欲聾。在這瞬間的光亮中，旅人看到了一扇隱藏在陰影中的門。他沒有猶豫，立刻朝著那扇門衝去，用力推開，跌跌撞撞地跑了出去。他發現自己來到了一條狹窄的走廊，兩旁是密閉的門，每扇門都似乎隱藏著未知的恐怖。他沒有時間去考慮這些，只是一心想要逃離這個詛咒的地方。隨著他狂奔，幽靈的笑聲在他耳邊持續回響，似乎從每一扇門後都能聽到她的哭泣和嘲諷。他最終來到了一個死胡同，面對著一堵滿是褪色壁紙的牆壁。這時他意識到，這個房子像是有生命一樣，正在改變它的形狀來困住他。絕望之際，他注意到牆壁上有一塊壁紙已經被撕開了一角。他沒有別的選擇，只能去試一試。他撕開壁紙，露出了一個隱藏的開關。他按下開關，牆壁突然滑開，顯露出一個隱秘的通道。他沒有時間去想這個通道會帶他去哪裡，他只知道這可能是他唯一的逃生機會。

下一個受害者

旅人穿過通道，後面的牆壁隨著他的通過而關閉，將那冰冷的笑聲和黑暗封鎖在後面。通道昏暗而狹窄僅有的光源是旅人手中顫抖的油燈，它的微弱火光在牆壁上投射出長長的影子。空氣中瀰漫著霉味和潮濕的泥土氣息，讓人感到窒息。通道似乎無休止地蜿蜒向前，彎曲和下降，越來越深入地下。旅人的心跳在耳邊咚咚作響，恐懼和好奇心在他心中交織。他不知道這條秘密通道的終點在哪裡，但他知道，往回走只會讓他再次面對那恐怖的幽靈和變化莫測的房間。

終於，通道開闊了，旅人來到了一個地下室。這裡有著不尋常的寧靜，不再有幽靈的笑聲，也沒有迷宮般的房間。地下室中央擺

老宅

著一個石製的祭壇，上面鋪滿了塵土和腐朽的花瓣。牆壁上掛滿了各式各樣的古老圖騰和符號，它們在油燈的光芒下閃爍著。旅人靠近祭壇，發現上面刻著一系列的名字，每個名字下都有一個日期。他的眼光在掃過這些名字時突然一凝，他看到了那個年輕人的名字，就在最新刻下的名字旁邊。這些名字，他意識到，代表著那些進入過這個房子並永遠消失的不幸靈魂。

重回原點

他的手顫抖著觸摸到自己的名字下的空白處，一種深深的絕望感湧上心頭。他知道，如果他不找到逃脫的方法，他的名字將是下一個被刻在這石壇上的。突然間，地下室的一角開始變亮，一個微弱的藍光逐漸形成了一個門廊。旅人知道這可能是他唯一的機會。他抓起油燈，衝向那扇門。當他穿過門廊時，感到一陣強烈的旋轉和拉扯，好像穿越了某種屏障。他眼前的一切都消失了，旅人感到自己被拋入一個漩渦中，四周是扭曲的光和聲音。

這個過程似乎無窮無盡，但終於，他感到腳下有了實地，他摔倒在一片軟軟的草地上，油燈已經不見了。他緩緩地睜開眼睛，發現自己躺在老宅後的那座荒廢的花園中。夜空清澈，星光點點，一切都異常的寧靜。他起身，望向那棟老宅，只見它依舊破敗不堪，但不再有任何燈光透出，也沒有任何聲音傳來。

旅人深吸了一口涼爽的夜空，心中的恐懼和緊張慢慢平息下來。他開始反思這一切是否真的發生，還是只是一場夢。但他身上的泥土和身心的疲憊告訴他，這一切都是真實的。他回頭看了一眼那個藍色的門廊，只見它已經消失，取而代之的是老宅的一堵石牆。旅人意識到他可能剛剛經歷了一次穿越時空的旅行，或者是某種超自然現象的一部分。

老宅

奇蹟生還者

他決定離開這個地方，回到小鎮。當他回到小鎮的時候，第一縷晨光正從地平線上升起。他走進酒館，告訴了酒館老闆他的經歷。老闆聽著他的故事，臉上露出了深思的表情。「你不是第一個從那棟老宅中帶著故事回來的人。」老闆慢慢地說：「也不會是最後一個。但每個人的經歷都不同，似乎那個地方有它自己的規則和意圖。」

旅人沒有再問，他知道有些事情是無法解釋的，有些秘密永遠不應被揭開。他感謝了老闆，然後找了一個房間休息，決定隔天一早離開這個小鎮，離開這個充滿謎團和陰影的地方。從那以後，旅人的故事就像種子一樣在小鎮上散播開來。他的經歷被一次又一次地講述，每次被講述，細節都會有些許的改變，增加了一點神秘色彩。

漸成靈異傳聞

那棟老宅，也因為旅人的故事而變得更加詭異，更加令人聞風喪膽。有些勇敢（或者說輕率）的靈異愛好者試圖跟隨旅人的腳步，進入那棟老宅尋找驚險。但不知為何，他們中的大多數都在進入後不久便匆匆離開，臉色蒼白，嘴裡喃喃自語，再也不願提起他們在裡面的所見所聞。

隨著時間流逝，那棟老宅在小鎮上的名聲變得如同傳說一般，它成了一個未解之謎，一個警示，一個教訓。家長們會用它來警告孩子不要冒險進入未知的危險之地，而年輕人則會在夜深人靜時圍坐在火爐旁，輪流講述關於老宅的新鬼故事，每個故事都比前一個更加恐怖。至於那個旅人，他在小鎮休息了一晚之後就離開了，他的去向無人知曉。或許他回到了自己的家鄉，或許他仍在路上，尋找著下一個冒險。但有一件事是確定的，那就是他永遠不會忘記那個夜晚，在老宅中所經歷的恐怖與奇幻。

後記

老宅仍然靜靜地矗立在小鎮邊緣的小山丘上，它的窗戶依舊破碎，門扉依舊關閉，仿佛在等待著下一個不知畏懼的訪客，準備展開新的故事。但無論它的過去有多麼陰暗，有一點是確定的—那棟老宅，和它的秘密，將永遠是小鎮上那段未完的歷史，一個永不磨滅的謎團。

第八章 古墓

第八章

古墓（第一節）

故事是師傅的一個經歷，當中有些資料並不完整，這是他口述的。有一個被遺忘的村落，名叫影溪村。這個村子隱藏在連綿不絕的群山之中，四周被濃密的迷霧包圍，彷彿與世隔絕。傳說在很久很久以前，影溪村是一個繁榮的地方，稻田金黃，溪水清澈，村民們生活得安樂和睦。但是，自從村子周圍的山林出現了一座名為「鬼域」的古墓後，一切都變了。

這座古墓的來歷無人能說清楚，只知道它在一個雷雨交加的夜晚突然出現，像是從地底深處生長出來似的。墓門上刻著奇怪的符號，似乎隱含著某種禁忌。自從那座墓出現後，村子裡開始發生怪事。首先是村裡的動物一隻隻失蹤，接著是孩童們在夜裡聽到奇怪的呢喃聲，然後是成年人開始夢見同一個身穿古服，面無表情的女

古墓

子。隨著時間的推移，村民們一個接一個地病倒，最終消失在夜色中，再也沒有人見過他們。

有一個勇敢的青年人名叫易斌，他聽說了影溪村的詭異傳聞，決定前往調查。易斌精通風水和古老的符咒之術，他相信這些神秘事件背後必有其理。他背著一個簡單的行裝，帶著幾本古籍和一些符紙，踏上了尋找影溪村的旅程。經過幾天的跋涉，易斌終於在一片茫茫霧氣中發現了那個村子。村子裡空無一人，屋舍都閉著窗戶和門，彷彿村民們是在逃避什麼似的。

被困的女怨靈

易斌走進村子，感到一股冰冷的氣息，似乎有無數隻眼睛在暗處窺視著他。他來到村中央的一座古樸的亭子旁，發現了一塊石碑，上面的文字已經模糊不清，但仍可以辨認出幾個字—禁忌，絕不可破。易斌心中一沉，他感覺到這座被詛咒的村落裡，某種古老的力量正等待著被喚醒。當夜幕降臨時，易斌在村子的一間看似安全的荒廢小屋中點起了火把，開始研讀他帶來的古籍。

書中記載著許多關於古墓、亡靈和符咒的知識，以及一種名為「封魂咒」的強大法術，能夠將邪靈鎖定在某個物體或地點內。正當易斌全神貫注於書本時，一陣微弱的腳步聲打斷了他的思緒。他抬起頭來，透過窗戶看到了一幕讓人心悸的景象—村子裡的亭子周圍，聚集著一群模糊的身影，它們靜靜地站在那裡，像是在等待著什麼。易斌知道他必須採取行動，他拿出一張符紙，口中念念有詞地畫著符咒。當他完成最後一筆時，符紙突然自燃，化為一團火焰，飛向了亭子方向。火光中，那群身影發出了刺耳的尖叫聲，隨後消散在夜色中。

古墓

詭異圖案

第二天，易斌帶著幾張新畫的符紙，來到了「鬼域」古墓的入口。墓門緊閉，周圍的空氣中充滿了壓抑和不安。他深呼吸一口氣，小心翼翼地將符紙貼在墓門上。一股奇異的力量從符紙中散發出來，墓門慢慢打開，發出令人毛骨悚然的吱嘎聲。墓穴內黑漆漆的，只有墓門處透進的微弱光線。易斌點亮了一根火把，步入了墓穴深處。

他在墓穴內發現了一具棺材，棺材的蓋子被打開了，裡面空無一物。墓穴的牆壁上刻滿了各種奇異的符號和圖案，其中一幅畫引起了易斌的注意。畫中是一位女子，穿著古代的衣裳，正以悲傷的眼神凝望著前方。這畫面似乎與村民們夢中出現的女子有著驚人的相似之處。易斌越來越感到不安，他的直覺告訴他，這具空棺和牆上的畫之間必有著某種關聯。他翻閱手中的古籍，尋找著答案。最終，在一本破舊的符經中，他發現了一段記載：

「靈魂無處安放，怨氣積聚成咒。唯有尋得真相，方可解開怨靈之絆。」

驚慄祭品

易斌意識到，這位女子的靈魂可能因為某個原因被困在這世上，無法安息。他決定進一步探索墓穴，希望找到將這個怨靈安撫的方法。隨著他深入墓穴，空氣變得越來越冷，火把的火焰也跳動得越來越劇烈。突然，一陣冷風吹過，火把熄滅了。在絕對的黑暗中，易斌感到一股無形的力量緩緩靠近。他趕緊拿出一張事先準備好的光明符，快速點燃。

隨著符咒的光芒閃耀，墓穴內的黑暗被瞬間驅散。在光明符的

古墓

照耀下，易斌看到了一個石制的祭壇，上面放著一些奇怪的祭品和一個古老的玉璧。玉璧中央刻著與墓門相同的符號。易斌意識到這玉璧可能是關鍵，他輕手輕腳地取了出來，並在祭壇上放下一張平安符，希望能夠安撫這裡的亡靈。突然，一把聲音在墓穴中迴響，是那位女子的聲音，她在哭泣，哭訴著自己的不幸遭遇。易斌聽著那哭泣聲，心中湧起了一股莫名的同情。

他緩緩地走向聲音的來源，發現那女子的幽靈正坐在一處陰影中，雙手抱膝，悲傷地低泣。女子的幽靈似乎感受到了易斌的到來，她緩緩抬起頭，望向易斌。她的眼眶空洞，但深處卻閃爍著一絲絲不安的光芒。易斌嘗試著與她溝通，他知道這個靈魂需要的不僅只是超度，還需要被聽見，被理解。

尋求超度

「妳是誰？」易斌輕聲問道，「妳的故事是什麼？為何妳的靈魂不能安息？」

女子的幽靈開始講述她的故事，她曾是村中的一名普通女子，擁有美麗的容貌和善良的心。然而，一場莫名的瘟疫席捲村落，她在不明不白的情況下被指為災難的根源，遭到村民的驅逐和詛咒。她逃到這座古墓中，孤獨地死去，由於怨恨和不甘，她的靈魂被困在這裡。易斌聽後，心中充滿了憐憫。他知道，必須要做的不僅是解開女子的怨結，還要讓她得到村民的原諒，這樣她的靈魂才能得到真正的釋放。

他回到了村落，用封魂咒將女子的靈魂暫時困在玉璧之中，然後開始了解和平息村民的怨恨。他向村民們傳達了女子的故事，解

古墓

釋真正的瘟疫根源，並請求他們原諒這位無辜的女子。經過一番努力，村民們終於被易斌所感動，同意舉行一個儀式，以赦免女子的過錯，並為她的靈魂祈福。易斌將玉璧放置在村中央的亭子裡，並在四周佈下了符陣。村民們圍繞著符陣，開始吟唱古老的祝福詩篇。隨著祝福詩篇的聲音越來越響亮，符陣開始發光，光芒逐漸匯聚到玉璧之上。易斌手持法器，站在符陣的中心，口中念念有詞，引導著光芒和村民們的意念，將它們注入玉璧之中。

風水佈局

就在這時，天空突然變得昏暗，一股強大的風暴自山林間直捲過來，帶著雷鳴和閃電。風暴似乎是對這場超度儀式的反抗，但村民們並未因此而退縮，他們的聲音更加堅定，歌聲穿透風暴，直到了天際。突然間，雷聲中傳來了女子的聲音，她在呼喊著易斌的名字。易斌定睛一看，只見雷光中，女子的幽靈顯現出一絲微笑，她的容顏不再帶有怨恨與悲傷，而是充滿了感激與釋懷。她向易斌點了點頭，隨即化作一道光芒，衝向了天際。

隨著女子靈魂的離去，風暴也逐漸平息，天空重新變得清朗，月亮和星星再次閃耀。玉璧上的光芒也漸漸消散，恢復了它原有的溫和光澤。村民們看到這一切，知道女子的靈魂終於得到了安息，他們的心中充滿著平靜與喜悅。從那以後，影溪村再也沒有發生詭異的事情。村子逐漸恢復了昔日的繁榮與活力。易斌在村中留下了一段時間，教導村民如何防範疾病，並幫助他們重新建立了村落的防禦和風水佈局，以避免未來類似的悲劇。最後，易斌帶著滿意與寧靜的心情離開了影溪村，繼續他的入世和探索之旅。而影溪村的故事，成為了一則流傳在附近地區的佳話，提醒著人們，對於不解之謎，除了敬畏，更應加以理解與同情，因為每一個被遺忘的靈魂背後，都有一段未被傾聽的故事。

古墓

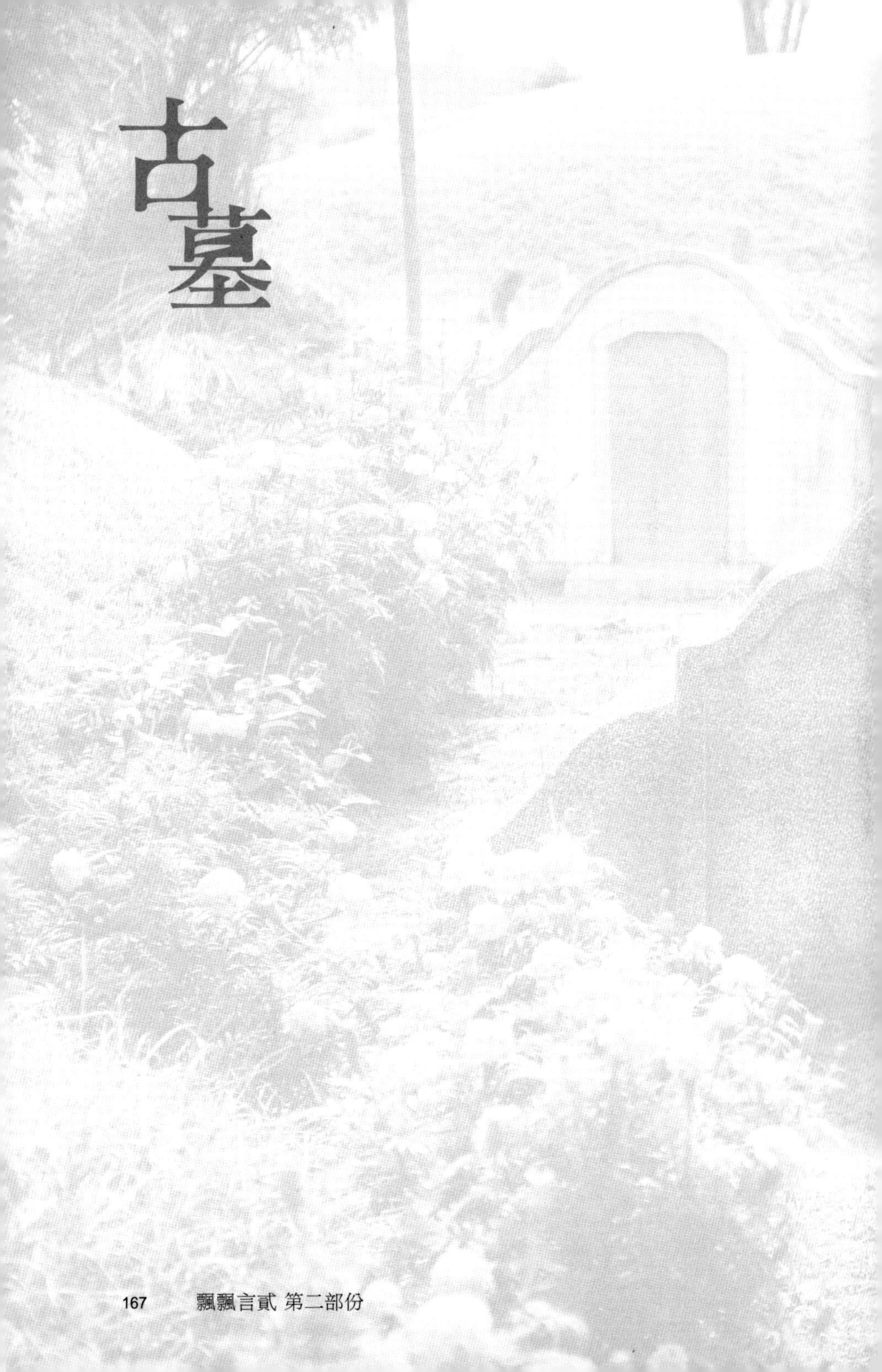

第八章

古墓（第二節）

多年後，影溪村的故事也吸引了其他探險家的注意。他們來到這裡，希望能從易斌當年的記錄中，找到更多關於古代符咒和風水之術的秘密，村民們亦樂於分享易斌留給他們的知識。但隨著時間的推移，影溪村周圍的山林再次生長茂盛，古墓「鬼域」被新的植物覆蓋，它的存在幾乎已被人遺忘。

事蹟流傳後世

但在每年的某一天，村民們都會聚集在那座古亭子旁，點燃香火，祭拜那位曾被誤解的女子，以及曾經拯救她靈魂的易斌。他們會講述老故事，告訴孩子們勇氣、智慧和慈悲的重要性。而在這些故事中，易斌和那位女子的靈魂，就像影溪村的守護神一樣，提醒著每一個人：在這個世界上，沒有什麼是真正被遺忘的，每一顆靈魂都值得被記住。而在遙遠的地方，也許易斌仍在旅行，尋找著更多的知識和未解之謎。他的腳步從未停歇，因為他知道，在這個世界的每一個角落，總有需要他的地方，總有新的故事在等待著他去發現、去記錄、去傳承。影溪村只是他旅途中的一站，他的故事還在繼續，就像這世界無盡的奧秘一樣，永遠充滿了可能。隨著季節的變換，影溪村也經歷了無數的春夏秋冬。而在每一次春回大地的時刻，村裡的老樹會開出最早的花，彷佛在歡迎易斌的靈魂回家。村民們相信，易斌的精神從未離開過這片土地，他就像春風一樣，總在不經意間拂過，帶來生機與希望。

古墓

美麗又神秘

而在村子的外圍，那座被稱為「鬼域」的古墓依舊靜默無聲，但它不再是恐懼和詛咒的象徵。相反，隨著歲月的流逝，它成為了一個記憶的地方，提醒人們不要忘記過去，不要忘記那些曾經發生過的故事。有時侯，當夜幕降臨，一些說書人會在村中的茶館裡講述著易斌和女鬼的故事，他們的話語生動而引人入勝，讓聽眾們既感到一絲寒意，又充滿了好奇。孩子們會緊緊抓住父母的手，而長者們則會心地微笑，他們知道，這些故事中蘊含的是過去的智慧和現在的教誨。影溪村的夜空中，星光閃爍，它們似乎在訴說著易斌旅行的軌跡，照亮了他曾經走過的道路。而遠方，易斌的傳說也在旅人和商隊的口中流傳著，穿越了山川和河流，傳遍了整個大江南北。

在某個不起眼的夜晚，當村子再次沉浸在安靜與和平之中，一位行者靜靜地走進了村落。他的面容與易斌相似，但又顯得更加成熟和沉穩。他走到了亭子前，輕輕撫摸著刻有玉璧的祭壇，彷佛在與一位老朋友道別。他沒有逗留太久，只是在村民們的祖先牌位前點上了一支香，然後在月光下靜靜地站了片刻。那是對過去的一種致敬，也是對未來的一種祈願。行者的眼神中既有對於過去故事的尊重，也有對未知旅程的期待。村民們在第二天發現了那支香和一封信，信上用易斌那熟悉的筆跡寫著對村子的祝福，以及對未來幾代人的期望。

影溪村的篝火晚會

信末，易斌留下了一句「真理和理解是世界的光，願你們引領著這光，照亮每一個角落。」在那之後，村子的孩子們會在夜晚仰望星空，試圖尋找那顆代表著易斌的星星。他們相信，只要那顆星星還在閃耀，易斌的精神和他的故事就會永遠傳承下去。而易斌所留下的玉璧，成了村子的護符，也成了一個象徵。它提醒著每一個人，不論面對多麼可怕的未知，勇氣和智慧總能找到光明的道路。

影溪村最終成為了一個傳説之地，不僅因為曾經發生的神秘故事，也因為它孕育了一種精神—一種對知識、對真相追求的不懈精神，以及一種對過去的尊重和對未來的希望。

隨著時間的流逝，影溪村周圍也出現巨變，新的道路和橋樑被建造，連接了曾經遙遠的地方。但在這一切變遷之中，村子仍然保留著它古老的傳統和風貌，成為了一個懷舊之地，吸引著那些渴望逃離現代世界喧囂的旅人。每當有旅人詢問關於易斌的故事，村裡的長者們就會帶他們到那個古老的亭子旁，講述那些遠古的傳說。他們會說：「看這玉璧，它見證了我們村子最黑暗與最光明的日子。它提醒我們，每一個靈魂都渴望被理解，每一段故事都值得被記憶。」

易斌不滅的精神

而在每年的某個夜晚，村子會舉辦一場儀式，燃起篝火，讓火光沖天而起，象徵著易斌那不滅的追求和冒險精神。篝火旁，人們

古墓

會跳起古老的舞蹈，歌唱著易斌和女鬼故事中的旋律，讓傳說在歡笑與歌聲中繼續流傳。隨著篝火的映照，孩子們的臉上閃爍著好奇和驚喜。他們聽著這些故事，心中種下了探索未知的種子。也許，將來他們中的一些人會跟隨易斌的腳步，踏上自己的探險之旅，去發現新的故事，去解開更多的謎團。而在這些故事和傳說之外，易斌的精神仍在每一個人的心中生根發芽。他們學會了尊重每一個生命的故事，學會了用智慧和勇氣面對困難，學會了用慈悲和理解去溫暖他人。

影溪村的故事，就這樣代代相傳，成為了時間的一部分，成為了歷史的一頁。而易斌的傳說，就像那些永遠閃爍在夜空的星星，不管世界怎樣變遷，總會激勵著人們向著光明前行。年復一年，影溪村的篝火晚會成為了一個廣為人知的盛事，吸引著遠道而來的遊客。他們被這裡的歷史和神秘所吸引，希望親眼見證這個擁有千年傳說的地方。而村中的孩子，也在這樣的環境中成長，他們的想像力和好奇心被這些故事所激發。

在某個特別的年份，影溪村迎來了一位特別的訪客。這位年輕人，據説是易斌的後代，他帶來了一個小小的木箱，裡面放著易斌的遺物和筆記。這些筆記中記載了易斌一生的探索和發現，以及他對未來世代的寄語。村民們將這位後代迎進易斌當年居住的小屋，他們聚在一起，細細翻閱著這些珍貴的筆記。這些文字不僅只是知識的傳承，更是一個時代的見證，是一個偉大靈魂對世界的深刻理解。

後記

這位年輕人便是我的大師兄。

古墓

第九章

古村傳說

第九章

古村傳說（第一節）

這是師傅告訴我的一個古村傳說，而這個故事已經傳了一代人了。在一個風雲變幻的夜晚，雲層像一幅不祥的畫布，烏雲密布，閃電劃破天際，隨著雷聲的轟鳴，雨水開始無情地傾瀉。在這樣的夜晚，有一個人名叫易門心，一個獨自旅行的背包客，決定踏上一條少有人走的古老山徑，去尋找那傳說中被遺忘的古村落。

這條山徑被當地人稱為「迷霧古道」，據說無數的旅人進入後，便再也沒有人見過他們。但易門心是一個勇敢且好奇心極強的人，他對於未知的東西充滿渴望，並不太相信那些傳言。他攜帶著一個裝滿補給的背包，一個堅固的手電筒，還有他那信賴的羅盤，踏上了這趟未知的旅程。當他進入山徑的時候，周圍的景象開始變得模糊，濃厚的霧氣如同一層神秘的面紗，遮蓋了山林的面貌。易門心試圖使用他的羅盤來導航，但奇怪的是，指針開始瘋狂旋轉，彷彿失去了方向。他停下腳步，嘗試找回正確的路徑，但四周的景致似乎在不斷變化，每一次閃電閃過，他看到的山徑都與前一刻不同。

雨勢越來越大，易門心覺得自己的衣服和鞋子都已經完全濕透。他試圖回頭，但發現自己已經分不清來時的路。霧氣中，樹木的枝椏扭曲如同鬼魅，風聲中似乎夾雜著低語，他開始感到一絲絲的不安。突然間，一道閃電照亮了前方，易門心看到一座破敗的石橋，橋下的溪流暴漲，水聲震耳欲聾。他小心翼翼地走過石橋，感覺到每一塊石板似乎在他的重量下輕輕晃動，彷彿隨時都可能崩塌。他的心跳加速，電筒的光線在濃霧中顯得微弱無力。

古村傳說

迷失的國度

當他終於踏上橋的對岸時，鬆了一口氣，但這種安心感並沒有

持續太久。走過橋後，他發現自己來到了一片開闊地，這裡有幾座古老的石屋，屋頂都已經塌陷，門窗不翼而飛，顯然已經廢棄多年。易門心心中一動，這是否就是那傳說中的古村落？雖然他想要探索，但直覺告訴他，先找一個避雨的地方更為重要。他選了一座看起來還算堅固的石屋，推開輕輕搖晃的木門，門發出了吱吱的怪聲。

屋內漆黑一片，他打開手電筒，光束掃過屋內，只見幾件破舊的傢具隨意地堆放著，角落中還有一個看起來像是壁爐的東西。易門心關上門，試圖燃點壁爐中殘留的幾根木頭，希望能帶來一點溫暖和光亮。木頭終於被燃點，火光在屋內跳躍，投射出他的影子。隨著火光的擺動，影子扭曲變形，徬彿活了過來。他坐在火旁，試圖讓自己的身體恢復溫暖，雨聲和風聲在外面形成一種怪異的交響曲。就在這時，他注意到壁爐旁的牆壁上有些奇怪的刻痕，似乎是某種符號或文字。易門心凝視著它們，但那些符號既不像是漢字，也不任何他所知道的語言。

古村傳說

不祥之兆

正當他全神貫注地觀察這些符號時，他突然聽到一聲細微的嘆息，像是從屋內的某個角落傳來。他猛地轉過頭，手電筒的光線在房內掃來掃去，但除了古老的傢具和搖曳的火光之外，什麼也沒有。他想自己可能是太累了，耳朵出現了幻聽，但他的直覺告訴他，這個地方藏著不為人知的秘密，這些符號可能是解開謎團的關鍵。易門心決定忽略那些不尋常的聲音，專心研究牆上的符號。他從背包裡拿出一本筆記本和筆，開始描繪這些奇特的符號。當他的筆觸碰到紙面時，他感覺到一絲寒意從腳底升起，彷彿有什麼東西正在注視著他。

在火光的映照下，他注意到牆壁上的符號似乎開始微微變化，它們之間的連線漸漸變得清晰，形成了一個複雜的圖案。他的心跳加快，這個圖案似乎在向他傳遞某種信息，但他無法解讀它的意義。

就在這時，壁爐的火焰突然變得異常旺盛，屋內的溫度迅速升高，而那些符號彷彿被激活了一般，開始發出幽幽的光芒。易門心的心中湧起一股不祥的預感，他意識到自己可能觸發了某種古老的機關。突然，一股無形的力量將他推向牆壁，他的身體似乎被固定在那裡，動彈不得。他看著那些符號，它們現在完全亮起，形成了一道門，門中似乎有另一個世界在等待著他。

就在這時，他聽到了清晰的聲音，是一個女子的聲音，哀傷而悠遠，像是從遙遠的時空中傳來……

「解開封印，釋放我們的靈魂，你將得到回家的路。」

釋放靈體

易門心此時才意識到，這個被遺忘的古村落是一個靈魂的囚籠，而他不小心闖入了這個囚籠。他必須做出決定：試圖解開封印？還是試圖逃脱這個不祥的地方？他的心中掙扎著，一方面是對未知的恐懼，另一方面則是對自由的渴望。女子的聲音再次在他耳邊響起，更加迫切，更加悲痛。易門心深呼吸，他知道自己不能在這裡退縮。他決定要解開這個謎團，不僅是為了自己，更是為了那些被困的靈魂。他仔細觀察著那些符號，試圖找出它們之間的關聯。他的手指輕輕觸摸著發光的符號，試著按照某種順序來觸發它們。隨著每一次觸碰，牆壁上的光芒越來越亮，整個屋子開始震動，彷彿有一股古老的力量正在甦醒。易門心感到一股能量從牆壁流入他的身體，他的頭腦充滿了圖像和聲音：古村落的日常生活、孩子們的笑聲、還有那場災難的來臨。

他看到了一個黑暗的夜晚，當地的巫師在進行一個禁忌的儀式，試圖召喚一股強大的力量。但事情出了錯，村落被一道詛咒籠罩，所有的村民都變成了靈魂，被困在這個世界與另一個世界之間。

隨著最後一個符號被啟動，一道耀眼的光芒從牆壁上湧出，形成了一個門戶。那些困在屋子裡的靈魂開始一個接一個地飄向門戶，它們的臉上露出解脫的微笑。當最後一個靈魂消失在門戶中時，女子的聲音再次在易門心的心頭響起。

「謝謝你。現在，跟隨他們的腳步，你將找到回家的路。」

逃離結界

火焰熄滅了，屋內恢復了平靜。易門心站在那裡，望著那道門戶。他深知這不再是任何他曾知的世界的一部分。門戶中透出的光芒十分柔和，易門心知道這是他唯一的機會。他深吸一口氣，決定踏進那個未知的通道。當他的腳步穿過那扇門，一種奇異的輕盈感覆蓋了他的全身。周圍的一切都變得模糊，然後出現一片耀眼的白光。他感到自己正在下墮，墮入一個光與影的漩渦中。他的心跳聲

古村傳說

在耳邊回響，每一次跳動都伴隨著時間和空間的扭曲。然後，就像突然被釋放出來一樣，易門心感到自己重重地落在柔軟的地面上。他緩緩地睜開眼睛，發現自己躺在一片翠綠的草地上，天空是一片清澈的藍，太陽溫暖地照耀著他。他坐起來，向四處望去，發現自己竟然回到了山徑的起點，那個他幾個小時前才開始冒險的地方。

易門心站起身，檢查了一下自己的背包和裝備，一切都還在。那個古老的石屋、詛咒的村落和那些靈魂似乎都只是一場夢。但當他伸手摸向口袋，找到了那本筆記本，他打開一看，裡面有著他親手描繪的符號，他知道那一切都是真實的。易門心深深地吸了一口新鮮空氣，心中充滿了對生命的讚歎和對未知的尊重。他知道自己剛剛經歷了一次非凡的冒險，也許他永遠也無法向任何人解釋發生了什麼事。但他心中明白，這次經歷改變了他的生命，他對世界的認知也有了新的理解。他轉身望了一眼那條古老的山徑，微笑著決定再次踏上旅程。

第九章

古村傳說（第二節）

這一次，他不再尋找被遺忘的村落，而是尋找自己內心的平靜和智慧。易門心的步伐堅定而輕鬆，他帶著新獲得的智慧和勇氣，準備面對生活中的每一個新挑戰。隨著他重新踏上山徑，易門心的心中升起了一種從未有過的寧靜。他知道，那些靈魂現在已經得到了釋放，而他也得到解脫。

沒有終點的旅程

他的經歷像一個夢，卻在他的內心深處留下了永久的印記。他理解了，每一次的迷路其實都是對自我認識的一次深化，每一次的困境都是成長的機會。他沿途欣賞著大自然的美景，感受著風的輕撫和陽光的溫暖。他遇到了其他的旅行者，和他們分享了食物和故

古村傳說

事，但他沒有向他們提及過那晚的經歷。那些秘密是他內心的寶藏，只有在對的時刻才會被揭露。

日子一天天過去，易門心發現自己的心靈變得越來越強大。他學會了如何在不確定中找到方向，在困難中找到希望，在黑暗中尋找光明。他的旅程沒有終點，因為每一次的到達都是新旅程的開始。最終，他回到了自己的家鄉，人們對他的故事半信半疑，但易門心知道，真相的力量並不在於別人的信任，而在於自己的經歷。他將那些符號的圖案刻在自己的門前，不僅作為對那些靈魂的紀念，也提醒自己和每一位經過的旅人：在每一次迷路中，都有一條通往家的路，而那條路從內心開始。

成為民間傳說

易門心的故事在村子裡流傳開來，成為了一則鼓舞人心的傳說，他則繼續過著平靜的生活，但他的眼神總透露著一種深邃的光芒，彷彿他看到了這個世界的另一面。而每當夜幕降臨，他總會獨自坐在自家門前，凝望著那些刻在石頭上的符號。在星光下，這些符號似乎又開始微微發光，彷彿它們與某個遙遠世界的星辰相連，證明那次冒險不僅僅是現實，也是他與宇宙間不可思議的連結。

隨著時間的流逝，易門心的故事漸漸地被人們淡忘，但他所得到的智慧和內在的平靜卻從未離開過他。他的生活簡單而充實，白天他耕作田地，夜晚則教導願意學習的孩子們讀書識字。他教授他們關於自然的知識，也講述關於勇氣、智慧和心靈尋找的故事，儘管他從不直接提及自己的經歷呢！有時候，一些特別好奇的孩子會問他關於門前符號的由來，易門心只是微笑著，告訴他們這是一道門，通往理解和智慧的門。

他鼓勵孩子們要有勇氣去探索未知，去學習理解那些看似無解的謎題，因為在每一個謎題的背後，都隱藏著生活的意義。易門心也會教導他們關於尊重和謙遜的重要性，因為他知道，真正的力量來自於對自然的敬畏和對生命的尊重。他告訴他們，每一個生命都有其價值，無論是人類、動物還是植物，都是這個宇宙不可或缺的一部分。

生命旅程

當孩子們逐漸長大，某些人選擇了離開村莊，去追尋自己的夢想和冒險。而當他們在旅途中遇到困難和挑戰時，他們會想起易門心的故事，以及那些充滿神秘的符號，這些記憶給予他們力量和勇氣，幫助他們克服眼前的障礙。而易門心，他仍然每天都會在黃昏的夕陽下靜靜地坐在自家的石階上，他的視線穿過田野，遠眺著那片神秘的山林。他知道，那些山林中仍然潛藏著無數未知的秘密，等待著下一個勇敢的靈魂去探索。然而，對於易門心來說，他已經找到了自己的寶藏，那就是他的內在平靜和對這個世界深刻的理解。

有時，當夜幕低垂，村裡的孩子們會圍坐在易門心的身邊，聽他講述古老的民間故事和傳說。他們的眼睛閃爍著好奇和驚奇，而易門心的聲音隨著篝火的起伏輕輕地飄揚在夜空中。他從不直接講述自己的冒險，但每個故事都包含他那次旅程的智慧。

時間慢慢地流逝，易門心也漸漸老去。他的頭髮白了，皮膚也皺了，但那雙眼睛仍然保持著青年時的光彩，他的心靈依然充滿活力。他知道，他的身體終將歸於塵土，但他的故事和所傳遞的智慧將會像那些古老的符號一樣，穿越時間的長河，激勵著後來人。當易門心生命來到最後一刻，仍在教導和啟發他的學生。他告訴他們，生命都是一次旅程，每一步都充滿了學習和發現的機會。他鼓勵他們要勇於探索，不畏懼迷路，因為在迷失中，我們才有機會找到真正的自己。

後記

當易門心離開這個世界的那一天，整個村莊都陷入了哀傷。然而，他們很快發現，易門心並沒有真正地離開。他的精神和故事在村落中繼續生活著，激勵著每一個人去追尋他們自己的冒險。

火柴頭工作室
MATCH MEDIA Ltd.

匯聚光芒，燃點夢想！

《飄飄言 貳》

系　　列：奇幻靈異
作　　者：張芯熏
榮譽統籌：史丹
出 版 人 ： Raymond
責任編輯：歐陽有男
封面設計： Hinggo
內文設計： Hinggo@BasicDesign
出　　版：火柴頭工作室有限公司 Match Media Ltd.
電　　郵： info@matchmediahk.com
發　　行：泛華發行代理有限公司
九龍將軍澳工業邨駿昌街 7 號 2 樓
承　　印：新藝域印刷製作有限公司
香港柴灣吉勝街 45 號勝景工業大廈 4 字樓 A 室
出版日期： 2024 年 7 月初版
定　　價： HK$138
國際書號： 978-988-76942-9-8
建議上架：流行讀物

火柴頭工作室
MATCH MEDIA Ltd.